# 出瀛海

## 晚清诗人的海外观察与体验

沙红兵 著

岳麓书社·长沙
博集天卷

# 目 录

绪　论 /01

**第一章　晚清海外诗"从周边看中国" /001**

第一节　从朝贡体系到殖民体系 /003

第二节　文明古国的创痛与重生 /007

第三节　西方现代的追逐与疑惧 /015

第四节　亚洲秩序的古今变迁与遐想 /022

第五节　华侨番客的流寓与归属 /030

第六节　诗界革命的理论与实践 /036

**第二章　晚清海外诗的"身份意识" /043**

第一节　随时间推移的身份意识 /045

第二节　随空间转换的身份意识 /051

第三节　聚焦于不同论题的身份意识 /060

第四节　同一诗人不同的身份意识 /069

第五节　同一诗篇不同的身份意识 /078

**第三章　晚清海外诗的"速度美学" /087**

第一节　加速度的现代性 /088

第二节　速度与时间 /097

第三节　速度与空间 /105

第四节　速度与社会生活 /113

第五节　速度与自我 /122

## 第四章　晚清海外诗的"海洋现代性" /133

第一节　古典诗的新冒险 /134
第二节　热眼向洋与"大陆—海洋"的认知图景 /139
第三节　古今演变与"传统—现代"的差异反思 /145
第四节　东西交通与"中心—边缘"的跨越重构 /158
第五节　舰船的内与外 /168

## 第五章　晚清海外诗的"女性图绘" /179

第一节　海外女性习俗的最初冲击 /181
第二节　女性的社会职业化 /188
第三节　女学与母仪 /195
第四节　女性豪杰人物 /201
第五节　女性与男性的互涉与对话 /209

# 绪论

不同于古代神话或小说故事有关"羽民国""贯胸国""黑齿国"等的种种虚构与想象，不同于汉唐通西域、明初下西洋等朝廷使节的通关与出使，不同于明清时代闽粤等地对东南亚及欧美等地的劳工输出，也不同于历代对民间人士履及日本、朝鲜、越南、琉球、暹罗等地的零星记载，在十九世纪七八十年代至二十世纪二十年代，晚清知识人、读书人迎来了第一次大规模的出境出国潮。

他们不仅环行周边国家和地区，而且远涉重洋或横跨欧亚大陆，如曾纪泽、王之春、潘乃光、汪荣宝、单士厘等在（经）俄罗斯，朱铭盘、张謇等在朝鲜；王韬、黄遵宪、郑孝胥、苏曼殊、康有为、梁启超、王国维、高旭、陈去病、秋瑾、文廷式、吴保初、张謇、马君武、章太炎、李宣龚等在日本；王韬、黄遵宪、陈宝琛、苏曼殊、康有为、丘逢甲、马建忠、梁启超、易顺鼎、黄节、潘飞声、马君武、邓方、吕碧城、杨圻等在琉球、台湾、香港，以及越南、缅甸、暹罗、马来亚、印尼、新加坡、斯里兰卡；康有为在印度、尼泊尔……除周边国家、地区以外，潘飞声、王韬、张祖翼、王以宣、康有为、梁启超、马君武、汪荣宝、钱恂、单士厘等足迹遍及英、法、德、意、西、葡、荷，以及比利时、卢森堡、希腊、土耳其等地；容闳、黄遵宪、康有为、梁启超等到达美、加所在的北美大陆；康有为更是五渡大西洋，远足南美墨西哥及北欧挪威、瑞典等国家。

由于他们自幼所接受的传统诗歌教育、训练，这些知识人、读书人也几乎无一不是诗人，有相当部分还是当时十分杰出的具有代表性的诗人，他们也因此留下了大量我们今天称之为"晚清海外诗"的宝贵文献。

自从哥伦布发现新大陆、瓦特改良蒸汽机等等之后，世界从此连成一体，人类广泛、深刻地影响和改变了地球的面貌。晚清诗人成规模地走向海外，在时间上实际上已晚于所谓"海通"时代数百年。由于数千年历史发展的巨大惯性等各种原因，中国或延宕、迟滞了与近现代世界接触、交往与学习的进程，但是对于诗歌特别是中国古典诗歌来说，这样一个多少有些迟到的走向世界的契机却为之提供了十分难得的机遇之窗。

虽然目睹和经历了帝国晚期的局势动荡，但三千年以来漫长的超稳定农业社会结构未曾动摇，所以晚清诗人一旦走出国门，身后是被现代世界不平衡体系远远落下的故国，眼前是已有数百年发展威势的飞速变动的海外世界，他们从感官、感知到观念、心灵都受到前所未有的冲击。也只有在海外这个急剧变动而又与传统中国形成鲜明对照的近现代世界，晚清诗人对自身的民族国家身份，对世界海洋时代带给大陆文明的挑战，对女性地位与角色的观念与看法，对火车、轮船、电报、电话等交通、信息传输革命带来的日新月异的变化等等，才会格外敏感，产生格外深切的体会。

晚清海外诗的世界在很大程度上就是诗人身心不断受到冲击的世界，就是相对稳定的传统与加速变革的近现代在诗歌领域激烈碰撞的最初轨迹与痕迹。晚清海外诗人环行世界，是身体、诗歌的移动，也是眼界和意识的移动，对此须要究诘的是，移动的主体是谁？移动的方式为何？移动的过程和结果怎样？移动的限制和影响又如何？而循此思路，诠释的方法则是进入诗人当年所穿行的地理空间、文化场域、权力结构与历史情境之中，透过不同空间的对照，呈现往返、内外、古今、华夷、中心边缘、解构重构等等之间的张力。为此，本书结合晚清海外诗的文献实际，不做面面俱到式的各种概述、绍介与铺展，而拟以特定的问题意识观照，带动具体的专题、个案研究。主要包括以下五个方面：

一、晚清海外诗"从周边看中国"。周边有朝鲜、琉球等从前的藩属，有同遭挫折的文明古国印度，有日俄列强，还有受殖民统治的港澳台，通过这些不同空间群组的对照，晚清诗人在中国周边国家或地区所作的"海外诗"，在前所未有的时空框架与各种关系范型下回首故国，也呈现出一种"从周边看中国"的独特视角与方式。诗人身经从朝贡体系向殖民体系的痛苦转移，以大不一样的视野和心情审视祖国与周边关系的过去、现在和未来。

他们在国家或地区的边界穿越、空间移动过程中，对主权中国、文化中国所面临的各种张力，做出诗学诠释与文化诠释：他们期望唤醒民智，上下一心，改变祖国积贫积弱之现状，在危机四伏之中重振国家和文明的命运；看到列强在东南亚较高的行政管理效率和较先进的物质文明，主张学习借鉴，但同时忧惧唯利是图、唯西方马首是瞻的偏颇；体会到朝贡体系解体后周边国家、地区对华态度和关系的变化，坚信亚洲价值、亚洲秩序必有重新恢复之契机；认识到遍布东南亚的华人华侨是联系中国与所在地区的重要纽带，要求倾听其心声，重新理顺相关关系。

二、晚清海外诗的"身份意识"。张祖翼当年作《伦敦竹枝词》，曾自署"局中门外汉"，这一署名再生动形象不过地把晚清走向海外的中国诗人的身份处境、身份意识呈现出来：身处异国他乡之"局中"，但又始终置身"门外"不能完全融入，诗人的血肉之躯其实是多重情感、认知拉锯冲突、理解对话的场域。晚清诗人第一位的身份意识自然是民族国家意识，但同时也有自古而来并被赋予新义的"天下"、世界意识以及最新觉醒的个体意识，它们既相互区分又彼此混杂在一起。

诗人的身份意识不仅是由当时所在之地实际的经线与纬线决定的，也是由个人、性别、民族、国家、世界的"经线"，与不同的时间、空间、论题及诗人心态、诗篇作品等"纬线"纵横交错而成的，呈现为复杂的多维之"我"。"局中""门外"之冲突所寓示的，不是非此即彼的简单接受或拒斥，而是慎重的对比、思考和选择。晚清海外诗人的一些看法和主张，当时或不免难合时宜，但在今天回看，往往具有孤明先发的意义。

三、晚清海外诗的"速度美学"。十九世纪末二十世纪初，晚清诗人在海外特别是在欧美见证了人类在两大技术革新中取得的突破性成就，一是以火车、轮船、气球等为代表的交通运输革命，一是以电报、电话、报纸等为代表的信息传输革命。随着这些技术革命，人类从传统社会各种无法克服的时空阻隔中解放出来，进入到一切以加速度发展的近现代社会。晚清诗人在海外也率先观察和体验到这种技术加速、社会加速在时空观念、生活步调及自我感觉与认同等方面所带来的巨大变化。

在时间方面，"当下"萎缩得越来越短暂，并且很快被下一个当下所代替；火车、轮船看似将人们从传统束缚中"脱嵌"而出，却再度嵌入更加严密的时间管理之中。在空间方面，人们无远弗届，无所不至，但也体验到社会亲近性与物理邻近性的脱节，社会相关性与空间邻近性的脱节。在自我感知与认同方面，由于一切都陷于快了还要更快的速度循环，人们已不太能够将所认识的人、所发生的事、所经历的行动与体验作为素材消化吸收到自己的生命故事之中。此外，加速度的一体化世界还存在着严重的不平衡、不平等，速度滞后的国家、地区成为拥有速度与先发优势的国家和地区争夺、控制与盘剥的对象。

四、晚清海外诗的"海洋现代性"。中国虽然是世界上拥有较长海岸线的国家之一，但在传统上是一个大陆国家。海洋以及依附于其上的各种物质形态、制度形式、观念态度，甚至日常生活方式，对于来自大陆的晚清诗人来说都是一个巨大的差异性的存在。在这个差异性的他者的激扰之下，晚清诗人习惯于围绕固定中心和固有模式的思维观念发生了动摇，千百年来所生活所熟悉的"大陆"以及凝聚在"大陆"之上的国家民族观念、时空认识、生活感知、政治社会治理方式等也得到了重新观照和反思。

晚清海外诗是大陆与海洋之间、古代与现代之间、中国与异国特别是西方之间互为他者、激烈碰撞的记录。这是晚清海外诗独特的"海洋现代性"（modernity at sea）。晚清诗人穿越海洋，走向世界，让诗歌连同他们的眼界和精神一起得到现代风潮的洗礼，让诗人连同他们身后的民族、国家、文化一起经受与其他民族、国家、文化的比较、衡量，甚至冲突。同时，因为中心的动摇与缺失，参照系的更替和扩大，晚清诗人也像汪洋大海中的一艘孤独的舰船一般，陷入更深更广的"迷茫"（at sea）。这是"海洋现代性"所体现出来的两面性。

五、晚清海外诗的"女性图绘"。丘逢甲在南洋作《题陈撷芬女士女学报》诗，中有句云："唤起同胞一半人，女雄先出唱维新。"这联诗揭明了两个事实，一是女性占世界人口的一半，是所谓半边天；一是女性也可以成为维新、启蒙，甚至革命的先锋。晚清海外诗人自也不会缺少对于女性的关注。几千年来中国传统社会所形成的对于女性的观念、看法受到对比、激荡和冲击，无论是男性诗人还是女性诗人，都有意无意地从自身的传统出发，从当下中国的现实及女性的地位与角色出发，借着误解与挪用，抵近观察与旁观省思，以海外所见所遇各种女性形象为镜像，来描摹和绘制自己眼底和心中的女性形象。这些女性图绘当然各有差异，但合起来看，又不约而同地多有重叠，形成晚清海外诗人集体意识与集体关切的投影。

在早期的斌椿、张祖翼、王以宣、潘乃光等诗人那里，他们或许更关注和惊异于西方女性袒胸露乳的服饰、与男性交换照片的礼仪，以及女店主、女售货员为了招揽生意而夸张、出格的叫卖与调笑。这是与单士厘、秋瑾等女性诗人对于女学、母仪乃至女性革命的关注与表达大异其趣的。难能可贵的是梁启超《纪事二十四首》组诗，不仅将女性作为关注、爱恋的对象，还认为女性与男性是相互依存的，并且接受和主张女性与男性完全平等，因此，在其他仅以男性诗人或女性诗人为中介"图绘"女性形象的晚清海外诗作品中脱颖而出，实现了男女之间直接的交流对话，并且是符合现代意识的交流对话。

晚清海外诗以海外的种种视角回看和检视与中国有关的各个方面，既是"空间的再现"，也是"再现的空间"，是诗歌所特有的情感经验与想象建构。"从周边看中国""身份意识""速度美学""海洋现代性""女性图绘"等等，都是源远流长的中国古典诗歌第一次面对和处理与传统迥然不同的主题。诗人有局促，有不安，古老的诗歌形式也有拘谨，有不适。但总体来说，诗人及其诗歌形式都不惮于放手尝试，表现出了巨大的包容和弹性，对于变换了的身位、各种突兀的"他者"所带来的全新时空感受、生活步调变化、民族国家认知认同、与他者的关系，以及自我的形式，都有由陌生到熟稔、由惊异到适应、由粗略到细微、由生涩到自如的体验和表现。

长期以来，我们似乎早已习惯了说在晚清的部分古典诗及"诗界革命"中出现了新事物、新概念、新观念，但最终往往失于笼统，流于套语。而"从周边看中国""身份意识""速度美学""海洋现代性""女性图绘"等等，就是这样的新事物、新概念、新观念，专就这些问题或以这些问题为侧面进行细化梳理，可以深入挖掘晚清海外诗、晚清诗、"诗界革命"以至中国古典诗本身所蕴含的巨大的研究潜力与价值。古典诗歌、古典文学，其实也有助于我们去理解现代化、现代性、民族国家身份、想象的共同体、加速度社会、女性意识等等一系列依然与我们切身相关而具有现实意义的问题。

此外，对于朝鲜、越南、琉球等藩属国的失去及澳门、香港、台湾等地区的割让；对于英国对从马六甲海峡、亚丁湾到红海、地中海、直布罗陀海峡等世界海洋要塞的控制；对于火车、轮船等交通运输技术，电报、电话、报纸等信息传输技术；对于太平洋、大西洋的浩瀚无边，波罗的海、北冰洋的岛屿林立，南洋的火山，红海的酷热；对于女性侧坐马上或驾御冰车风驰电掣，在婚礼上穿着白色曳地的礼服，送出飞吻；等等，晚清海外诗人固然多有着墨，但以上述诸象为象征和表征的近现代社会的演化变迁多半落实在人的心理层面，主要带来的是人的变化，是人的心理层面的认知与体验变化，而这恰好是诗歌创作及表现的特长，也是晚清海外诗特别关注的。另一方面，这也是诗歌研究、文学研究的特长。

要想深入了解和理解近现代海外社会给晚清诗人带来的原初的心理冲击，社会学、历史学的角度总难免游离于外围和表层，只有借助于晚清海外诗等文学作品，才能尽可能地进行身临其境、心心相通的呈现和解释。

第一章

# 晚清海外诗
# "从周边看中国"

**出瀛海：晚清诗人的海外观察与体验**

"从周边看中国"，近年经一些学者提倡，已成为较有影响的研究立场与方法。不过，广泛采用出自朝鲜、越南等地的域外文献固然重要，但大量中国本土的固有文献也亟待发掘和利用，如或许再寻常不过的文献——晚清诗，特别是晚清诗人在中国周边国家（或地区）所作的海外诗。"秦皇无术求三岛，邹衍凭空撰九州"[1]，对于周边与域外中国，晚清诗人不必像古人那样但凭想象和虚构。从曾纪泽、朱铭盘、黄遵宪、丘逢甲、康有为、梁启超、王国维到陈去病、秋瑾、汪荣宝、张謇、杨圻，从俄罗斯、蒙古、朝鲜、日本到越南、爪哇、新加坡、斯里兰卡、印度、不丹、尼泊尔，晚清诗人仿佛集体绕行中国周边，足迹万里，留诗千首。[2]这些周边各点及数量众多的诗人诗作，大可连点成线，织线成面，构成各种个体不同但同时又具有一定集体共同性的"从周边看中国"的立场、视野和方式。另一方面，周边有朝鲜、琉球等从前的藩属，有同遭挫折的文明古国印度，有日俄列强，还有割让的港澳台地区，这些不同空间群组的对照与互构，也提供了不可多得的"从周边看中国"的多元关系范型。

---

[1] 曾纪泽《山行》，曾纪泽著，喻岳衡点校：《曾纪泽集》，岳麓书社，2005年，第260—261页。

[2] 学界对这些诗作的专题研究很少，对海外诗的零星研究多集中于康有为或南洋，参阅严寿澂《晚清诗人与南洋》，载氏著：《诗道与文心》，华东师范大学出版社，2009年；王尔敏《清人海外诗草及竹枝词对于欧西之采风》，载氏著：《中国近代文运之升降》，中华书局，2011年；高嘉谦《帝国、诗与孔教的流亡：论丘逢甲与康有为的南洋诗》，载吴盛青、高嘉谦主编《抒情传统与维新时代》，上海文艺出版社，2012年。

# 第一节　从朝贡体系到殖民体系

黄遵宪是我国最早的驻外使节之一，在新加坡期间，其《以莲菊桃杂供一瓶作歌》云：

> 且将本领管群花，一瓶海水同供养。……一花惊喜初相见，四千余岁甫识面。一花自顾还自猜，万里绝域我能来。一花退立如局缩，人太孤高我惭俗。一花傲睨如居居，了更妩媚非粗疏。有时背面互猜忌，非我族类心必异。有时并肩相爱怜，得成眷属都有缘。有时低眉若饮泣，偏是同根煎太急。有时仰首翻踌躇，欲去非种谁能锄。有时俯水瞋不语，谁滋他族来逼处。有时微笑临春风，来者不拒何不容。

诗人巧借莲花、菊花、桃花等插于同一花瓶的种种情状，妙譬数千年来相互隔离，而今四海相通五方共处的"杂供"现象："如竞笳鼓调筝琶，藩汉龟兹乐一律。如天雨花花满身，合仙佛魔同一室。如招海客通商船，黄白黑种同一国。"[1]

---

[1]《以莲菊桃杂供一瓶作歌》，黄遵宪著，陈铮编：《黄遵宪全集》上，中华书局，2005年，第132页。钱锺书谓本诗"不过《淮南子·俶真训》所谓'槐榆与橘柚，合而为兄弟；有苗与三危，通而为一家'；查初白《菊瓶插梅》诗所谓'高士累朝多合传，佳人绝代少同时'。"钱锺书：《谈艺录》，中华书局，1986年，第24页。钱锺书似看轻了黄遵宪其时此诗之意义，黄诗所状全球化时代的国家、人种交往，规模、性质均已非《淮南子》等所可同日而语。

## 出瀛海：晚清诗人的海外观察与体验

黄遵宪

世界历史进入民族国家时代，国家与国家之间、人种与人种之间第一次如此无阻碍地在全球往来，惊喜与猜忌并存，友好与争斗同在。无独有偶，对于海通以还的世界变化，梁启超也有更为深刻的洞察。1899年冬梁氏离日赴美，作《二十世纪太平洋歌》："蓦然忽想今夕何夕地何地？乃是新旧二世纪之界线，东西两半球之中央。不自我先不我后，置身世界第一关键之津梁。"

在此时空"界线"与"关键"之间，诗人将放眼所及的人类历史分为三阶段。"支那印度邈以隔，埃及安息邻相望，厥名河流文明时代第一纪，始脱行国成建邦。"以史上最早出现的几个文明古国为标志，这是第一阶段，可名之为"河流文明"。"就中北辰星拱地中海，葱葱郁郁腾光芒。""波罗的与亚剌伯，西域两极遥相望。亚东黄渤壮以阔，亚西尾闾身毒洋（"身毒洋"即印度洋）。"以几大傍海而兴的区域为代表，这是第二阶段，可名之为"海内文明"。第三阶段则是随哥伦布地理大发现而到来的近现代五百年。"蛰雷一声百灵忙，翼轮降空神鸟翔。咄哉世界之外复有新世界，造化乃尔神秘藏。"这是往古所未有的"大洋文明"时代。

在梁启超所描述的河流文明、海内文明时期，中国都占据重要的一席之地。但在第三个时代，"其时西洋权力渐夺西海席，两岸新市星罗棋布气焰长虹长"。西方列强沿大西洋、太平洋两岸而崛起，重新划分、主宰了世界。诗人梁启超明确认识到，这是一个"俎肉者弱

# 第一章 晚清海外诗"从周边看中国"

食者强"的遵循物竞天择进化论原理的世界,英国是"狮",俄国是"鹫",美国将"太平洋变里湖水",德国、日本作为后起之国,残酷暴虐有过之而无不及。"尔时太平洋中二十世纪之天地,悲剧喜剧壮剧惨剧齐鞈鞯。"①无数贫弱国家沦为这悲剧、喜剧、壮剧、惨剧舞台上被蹂躏的角色,包括中国也失去了一贯的主角位置。吴保初、陈诗师徒联句,其中有句云:

横流黑海黄尘飞,铁轨潜通西伯里。石破天惊地轴倾,槁木死灰吹不起。重洋巨舰凌长风,电光远烛虚无中。耆然鱼雷海底发,战血流渍波光红。临流欲洒新亭泪,卧榻何年许鼾睡。五洲道路一朝通,夜夜晴空出妖彗。……扰攘群夷争角逐,睥睨神州如一粟。土苴圣制竞国威,杀人盈野膺天戮。噫吁嘻!天荆地棘成畏途,东狼西虎环四隅。"②

在列强环伺、蚕食、宰割之下,中国危机四伏,险象环生。中国与列强强弱易位,还意味着以各自为中心的国际治理秩序的解构与重组,由杨圻的名诗《天山曲》与黄遵宪的《流求歌》可窥一斑。

梁启超

---

① 所引《二十世纪太平洋歌》诗句,见梁启超撰,汪松涛编注:《梁启超诗词全注》,广东高等教育出版社,1998年,第42—44页。
② 吴保初《与子言联句》,吴保初著,孙文光点校:《北山楼集》,黄山书社,1990年,第42页。

## 出瀛海：晚清诗人的海外观察与体验

《天山曲》歌咏乾隆与香妃之间的一段传奇。乾隆平定新疆，葱岭以西诸国皆遣使纳贡，某部酋长献回王妃某氏，不假薰沐，身有异香，史称香妃。"一骑香尘烽火熄，明驼轻载美人来。""紫陌鸡鸣见汉宫，蓟门烟树云中晓。"但香妃怀恋故国故王，入宫后怀刃不从。乾隆不仅优容，还命人仿建回部寺宇街市，仿八旗建回旗，以慰香妃乡思。最后香妃乞太后赐死，尸体运返西域。"全生不感君王意，就死犹衔圣母恩。""圣德珠还古未闻，佳人玉碎今难再。"歌咏之不足，在《天山曲》诗前所附《香妃外传》里，杨圻犹作如是评价："夫高宗既不能忘情于妃，而能优容至数年而弗强。太后之能成妃仁，而绝帝祸。妃则富贵不能夺，恩礼弗能移，生乎蛮夷之邦，而明乎礼义之辨，以清白之躯，从容就义，皆盛德事也。"①

杨圻

诗人不免循传统"诗教"之义有所想象和美化，但在中国传统朝贡体系下如何处理强弱关系、中心与周边关系，也恰与殖民体系形成对照。黄遵宪《流求歌》以流求国"白头老臣"之哭诉成诗，先是"大明天子云端里，自天草诏飞黄纸"，流求成为明藩属，继而"归化虽编归汉里，畏威终奉吓蛮书"，日本崛起，流求被迫臣服二主，最终"一旦维新时事异，二百余藩齐改制"②，日本吞并流求为隶县。

---

① 杨圻《天山曲》，杨圻著，马卫中、潘虹校点：《江山万里楼诗词钞》，上海古籍出版社，2007年，第360—363页。
② 黄遵宪著，陈铮编：《黄遵宪全集》上，第104页。

作《天山曲》的杨圻，同时作有《题五洲地图》诗："图中斑驳五色分，人种国界辨明晰。世上沿革血染成，此图变更乍朝夕。"[①]诗人不会不敏感地意识到所曾歌咏的"盛德"之事，在新的五洲世界里早已烟消云散。作《以莲菊桃杂供一瓶作歌》的黄遵宪，以花之猜忌、花之饮泣类比同根相煎、他族逼处，尚不失诙谐，但在《流求歌》里，却不得不与"白头老臣"一起，面对国王、王子皆被日本掳掠的亡国惨痛长歌当哭："公堂才锡藩臣宴，锋车竟走降王传，刚闻守约比交邻，忽尔废藩夷九县。吁嗟君长槛车去，举族北辕谁控诉？"[②]甚至在多年以后，梁启超听闻流求国王卒于东京，犹不忍赋诗一首："千年噩梦汉珠崖，一夜降王走传车。哀绝伊川披发者，忍更侯邸问家扶？"[③]伊川披发者，梁氏自谓也。

## 第二节 文明古国的创痛与重生

王国维旅居日本，作诗怀乡："远浦见萦回，通川流浼弥。……微风葭荚外，明月荇藻底。波暖散凫鹥，渊深跃鳏鲤。枯槎鱼网挂，别浦菱歌起。"结句是："何处无此境，吴会三千里。"[④]说类似的江南

---

[①] 杨圻著，马卫中、潘虹校点：《江山万里楼诗词钞》，第168页。

[②] 黄遵宪著，陈铮编：《黄遵宪全集》上，第104页。

[③] 《闻琉球故王尚泰卒于日本东京，口占一绝》。一年后梁氏作《饮冰室诗话》，提起自己这首绝句，还想起当年撰《流求歌》的黄遵宪："公度见此诗，其感又当何如！"梁启超撰，汪松涛编注：《梁启超诗词全注》，第94页。

[④] 《昔游》之二，王国维撰，陈永正笺注：《王国维诗词笺注》，上海古籍出版社，2011年，第184页。

出瀛海：晚清诗人的海外观察与体验

康有为

美景何处没有，但偏偏只有江南故乡才最是令人梦萦魂牵。将眼前景观和心中故乡相联系，这几乎已是中国诗人之常态。如康有为两首诗题所云，《寓星坡邱菽园客云庐三层楼上，凭窗览眺，环水千家，有如吾故乡澹如楼风景，感甚》《槟屿节楼床前对山，每朝曒既上，小婢开门，苍绿溢目，得意如在罗浮匡庐间也》。①曾纪泽在彼得堡，丘逢甲在新加坡，看到花园里中国品种的牡丹盛开，更别有一番激动和感慨："魏紫姚黄各世家，偶传苗裔到天涯。"②"从此全球作香国，五洲花拜一王尊。"③

不过，晚清诗人于周边国家和地区回看祖国的视角和情感，远比一般的睹物思乡复杂、沉重得多。李宣龚在日本，见满地樱花狼藉，竟也为之神伤："商艰郁抑知谁拯，国论梦纭已厌看。"④陈宝琛在马来西亚，听到有一种树名为"中兴树"，竟也情不能已："侥幸山中闲

---

① 康有为：《万木草堂诗集》，上海市文物保管委员会文献研究部编，上海人民出版社，1996年，第113页、132页。
② 曾纪泽《后园牡丹盛开，内人索诗，口占一律，兼示康侯》，曾纪泽著，喻岳衡点校：《曾纪泽集》，第266页。
③ 丘逢甲《牡丹诗》，丘逢甲著，丘铸昌校点：《岭云海日楼诗钞》，上海古籍出版社，2009年，第97页。
④《岚山雨后，樱花狼藉，怅然有作》，李宣龚著，黄曙辉点校：《李宣龚诗文集》，华东师范大学出版社，2009年，第17页。

草木，也随时世谥中兴。"①康有为《八月再题棋局》云："方罫画成三百六，纷纷国土现蛮触。沉吟临睨见中原，诸边已割成残局。"②从棋局到故国政局，还只是流亡者的心中联想，但《七月朔，入丹将敦岛，居半月而行，爱其风景，与铁君临行回望不忍去。然联军铁舰，日绕岛入中国，见之忧惊，示铁老》，亲眼所见却无以为救："隐几愁看征舰过，中原一线隔芙蓉。"③

最让诗人悲愤不已的是香港和台湾。黄遵宪年轻时去香港，写下《香港感怀十首》，最后一首透过都市的表面浮华，在"六州谁铸错？一恸失燕脂"的哀伤中竟发生错觉："山头风猎猎，犹自误龙旗。"④将港英之帜幻化为大清国旗。丘逢甲《题兰史香海填词图》，第一首云："南宋国衰词自盛，各抛心力斗清新。零丁洋畔行吟地，又见江山坐付人。"视香港割让为又一个惨痛的历史记忆。而第二首则接着感叹这样的"历史"并不长，但就连这样的历史记忆竟也已逐渐淡忘："此是本朝初割地，年来见惯已相忘。重吟整顿乾坤句，谁更雄心似鄂王。"⑤

对于台湾，诗人杨圻多次在往来东南亚途中，凝望故国山影恋恋难舍："地已中原尽，山犹故国疑。荒云如坏阵，孤岛似残棋。……炎风

---

① 陈宝琛《山木蔓生能去鸦片毒人称中兴树》，陈宝琛著，刘永翔、许全胜校点：《沧趣楼诗文集》，上海古籍出版社，2006年，第87页。
② 康有为著，上海市文物保管委员会文献研究部编：《万木草堂诗集》，第130页。
③ 同上书，第122页。自注："前即芙蓉屿，可通大陆也。"
④ 黄遵宪著，陈铮编：《黄遵宪全集》上，第78页。
⑤ 丘逢甲著，丘铸昌校点：《岭云海日楼诗钞》，第212页。"鄂王"指岳飞。

限南北，帆影去迟迟。"①失望至极竟至于自设主客对话，用得失循环之理自我安慰："杨子笑而起，谓客勿戚戚。古者吴楚间，视之亦夷狄。虽然疏边围，一败一兴辟。……君悲感盛衰，我视固朝夕。"②对台湾之失最为铭心浃髓的莫过于台籍诗人丘逢甲，他在抗日失败后流徙于广东及东南亚。"四百万人同一哭，去年今日割台湾。"③"故乡成异域，归客作行人。"④心意积久难平，在送别好友返台的组诗中，诗人更以台湾终属故国之一部分勉人而复自勉："王气中原在，英雄识所归。为言乡父老，须记汉官仪。故国空禾黍，残山少蕨薇。渡江论俊物，终属旧乌衣。"⑤不仅如此，在异域他乡对于与台湾相关的一切，诗人都百感交集。苏曼殊《谒平户延平诞生处》云："行人遥指郑公石，沙白松青夕照边。极目神州余子尽，袈裟和泪伏碑前。"⑥郑成功诞生之地在日本长崎。吴保初《玄海滩》云："万顷云涛玄海滩，天风浩荡白鸥闲。舟人那识伤心地，遥指前程是马关。"⑦李鸿章签订割台

---

① 杨圻《晓过澎湖舟中望台湾诸山》之二，杨圻著，马卫中、潘虹校点：《江山万里楼诗词钞》，第96页。
② 杨圻《台湾诗》，同上书，第62页。
③ 丘逢甲《春愁》，丘逢甲著，丘铸昌校点：《岭云海日楼诗钞》，第29页。
④ 丘逢甲《送颂臣之台湾》之一，同上书，第26页。
⑤ 丘逢甲《送颂臣之台湾》之七，同上书，第27页。
⑥ 苏曼殊著，邵盈午注：《苏曼殊诗集》，北京十月文艺出版社，2013年，第55页。
⑦ 吴保初著，孙文光点校：《北山楼集》，第69页。

条约在日本马关。①

与割地丧权而俱来的是古老文明的衰颓之恸。康有为《自星坡移居槟榔屿，京师大乱，乘舆出狩，起师勤王，北望感怀十三首》云："龙楼旋系马，鸾掖且观兵。金凤成灰烬，铜驼卧棘荆。飘零周雅乐，芜没汉公卿。文物千年盛，繁华一旦倾。"②在中国周边，印度可被视为殖民体系时代古老文明暂时衰颓的另一个镜像，透过此一镜像，晚清诗人虽身处异国，而犹亲睹故国重影。康有为在印度，每作诗必感慨系之，但举两诗诗题即可想见一二：《访中印度呃忌喇故京，十一月十五游蒙古沙之韩帝故宫陵。是夜月色如银，游人甚多。宫陵临恒河，纯以白石为塔，殿高插天半，倒影恒河中，费十二万万卢卑，地球巨工少有过此，其精丽亦与罗马彼得庙同冠大地。今英人以为公园，西女曼歌于林间，可感怆矣》《游中印度舍卫城，访佛迹，舍卫为印度京，印言日爹例。十一月廿日，于舍卫城外三十八里，得佛旧祇树林须菩提布金地遗址，殿基犹存，三角楼尚完，遗柱三百四，其西南则半圮矣。环廊尚有三面，纯石，半完半坍，西门五石龛最完好，其西南一堂，崇墙三重岿然，余为回教所毁。登塔四望，群冈自鹫岭走来，数重环裹，其

---

① 影响晚清政局、人心至深且巨的日本马关，晚清诗人以郁积的"情结"使之成为沉痛的意象，参康有为《九月二十四夜至马关，泊船二日，即李相国鸿章议和立约被伤地也，有指文忠公所驻地者。昔戊戌变法，文忠相助，及蒙难掘坟，文忠抗旨不得，密令吾家移骨，既感故知，又伤故国，过此黯然神伤》："碧海沉沉岛屿环，万家灯火夹青山。有人遥指旌旗处，千古伤心过马关。"（康有为著，上海市文物保管委员会文献研究部编：《万木草堂诗集》，第109页。）高旭《过马关》："马关订约当年事，客子行经心暗伤。国耻即今犹未雪，游人争说李鸿章。"（高旭著，郭长海、金菊贞编：《高旭集》，社会科学文献出版社，2003年，第47页。）张謇《东游纪行二十六首》："是谁亟续贲篇篇？遗恨长留乙未年。第一游人须记取，春帆楼上马关前。"（张謇著，徐乃为校点：《张謇诗集》，上海古籍出版社，2014年，第172页。）

② 康有为著，上海市文物保管委员会文献研究部编：《万木草堂诗集》，第123页。

## 出瀛海：晚清诗人的海外观察与体验

丘逢甲

气象为印度所无，宜佛产其间也。颓垣断础，无佛无僧，大教如斯，浩劫难免，其他国土，一切可推。携次女同璧来游，感怆无限，车中得九诗纪之。支那人之来此者，法显、惠云、三藏而后，千年而至吾矣》。①

不过，对于国力特别是文明的衰落，诗人也并未一味被动接受，出离愤怒，或者自甘消沉："嗟尔象教浩大亦灭绝，何况人家朝代国土之区区。固知宗教无美恶，视乎人力为张弛。非道弘人人弘道，可鉴可惧可惊瞿。"②古老文明的希望在于每一个人挺身而出，为之弘道。丘逢甲《题兰史罗浮纪游图》云："但须世界有豪杰，太极虽倒人能扶。"③梁启超《和吴济川赠行，即用其韵》云："合群救国仗群贤，四亿同胞共一肩。为有十万横磨剑，终教人力可回天。"④秋瑾《黄海舟中日人索句并见日俄战争地图》云："浊酒不销忧国泪，救时

---

① 康有为著，上海市文物保管委员会文献研究部编：《万木草堂诗集》，第148页、第150页。
② 《自阿喇霸邑寻佛教僧寺，有人言刹都喇有之，至则绝无。寻至爹利，即古之舍卫也，亦无佛迹。大教经劫，感怆而歌之》，同上书，第149页。
③ 丘逢甲著，丘铸昌校点：《岭云海日楼诗钞》，第208页。
④ 梁启超撰，汪松涛编注：《梁启超诗词全注》，第82页。

应仗出群才。拼将十万头颅血，须把乾坤力挽回。"①

当然，诗人同时也深知民众觉悟、文明重生并非一蹴之功。康有为在印度作《读〈史记·刺客传〉》云："羞甚苍生四百兆，岂闻一客剑横磨。"②梁启超在日本作《举国皆我敌》云："眇躯独立世界上，挑战四万万群盲。"③高旭《登富士山放歌》云："狂来更倾斗酒倚绝壁，下览赤县盲云充塞鼾睡浓。警叫一声中华大帝国，天声巃嵸震动轩辕宫。无奈偌大睡狮沈醉颓卧终不醒，垂头丧气爪牙脱落双耳聋。"④一方面，是沉眠鼾睡，应者寥寥；另一方面，是"岁岁客迁次，年年老甲乙"⑤，"炼石无方乞女娲，白驹过隙感韶华"⑥，年轮空转，时不我待。

在此情势下，后退一步，则如梁启超《秋夜》所云："酒颜争叶瘦，诗骨挟风酸。笛脆催愁急，灯寒煮梦难。"⑦独处异域，弥漫的是彻骨的孤独苍凉，难掩灰心；前进一步，则如陈去病《东京雨后，寓楼倚望》所云，"大凡物腐败，则必多弃遗。譬如室朽坏，必拆而更治。何者当改革，何者须迁移。巨者或锯之，细者或厘之。其尤无用之，

---

① 秋瑾著，郭延礼选注：《秋瑾选集》，人民文学出版社，2004年，第113页。
② 康有为著，上海市文物保管委员会文献研究部编：《万木草堂诗集》，第159页。
③ 梁启超撰，汪松涛编注：《梁启超诗词全注》，第92页。
④ 高旭著，郭长海、金菊贞编：《高旭集》，第53页。
⑤ 康有为《庚子七月十五日泊丹将敦，泛轮来庇，今日又辛丑七月十五，已经年矣。追思壬寅七月望在印度，癸卯七月望在爪哇，甲辰七月望在那威，乙巳在纽约，丙午在意之美兰那，丁未在瑞典，戊申在瑞士，己酉复归槟屿，庚戌过丹将敦到星坡，再读之，俯仰陈迹，益兴怀也》，康有为著，上海市文物保管委员会文献研究部编：《万木草堂诗集》，第137页。
⑥ 秋瑾《感时》第二首，秋瑾著，郭延礼选注：《秋瑾选集》，第111页。
⑦ 梁启超撰，汪松涛编注：《梁启超诗词全注》，第96页。

出瀛海：晚清诗人的海外观察与体验

吕碧城

拉杂摧烧之。"[①]期望来一场暴风骤雨般的激进革命。但无论是激进还是保守，诗人们的一致愿望是古老文明的浴火重生。

女诗人吕碧城于1920年9月、1926年9月两次中秋同一天赴美。后一次作诗《舟中排奇装宴予化妆为中国官吏诸客以彩缕掷予致离席时满身缠绕不良于行众为哄笑》云："蛟宫通海夜燃犀，影乱银梭绛雾霏。不惜色身为一现，胡儿争仰汉官仪。"[②]联系前一次渡海所作《秋渡太平洋观太阳升自朝霞映海水成五色矞皇矜丽不可名状诗以志之》："霞彩缤纷遍海天，尽回秋气作春妍。娲皇破晓严妆出，特展翚衣照大千。"[③]两次都设定在海上大舞台，中国仿佛以盛妆绚丽的女性形象在特定的地点（太平洋）、特定的对象（"胡儿"）面前焕然一新。

如果说吕诗不乏浪漫绮丽的女性想象，康有为则将基督教（耶教）与佛教的命运消长做对比："方今佛蒙劫，全印无僧坊。……佛说太微妙，国争时非良。奉天合地时，耶说今适当。……佛教宏而微，轨阔道远将。它日大同后，魂学大明光。粗迹人事极，度世魂灵扬，于时诸教

---

① 陈去病著，殷安如、刘颖白编：《陈去病诗文集》，社会科学文献出版社，2009年，第19页。

②③ 吕碧城撰，李保民笺注：《吕碧城诗文笺注》，上海古籍出版社，2007年，第98页、第76页。

宗，佛法再昌洋。"①康有为认为耶教出于小乘佛教，事关人事，适于今日竞争之世；中国"佛教"出于大乘佛教，事关灵魂，将来必将复兴。康有为的耶教见解是否符合事实另当别论，他所寄望的中国佛教，其实离不开统摄融会了佛教的中华主体文明，则是无可置疑的。而正是凭借这般统摄融会能力，中华文明历百劫千难而一次又一次重生！

## 第三节 西方现代的追逐与疑惧

黄遵宪、梁启超在日本，先后作诗云："环顾五部洲，沧海不可隔。函关一丸泥，势难复闭壁。"②"君不见竭来欧北天骄骤进化，宁容久扃吾文明！"③都指出在现代性条件下向西方学习的紧迫性、必要性。陈宝琛出访东南亚，感触尤深，在缅甸由英军操练联想到祖国武备之弛："卫民国所事，众志宁非城？尚武乃有备，勖哉吾侨氓。"在爪哇惊异于荷兰殖民者治下的政经秩序："荷兰虽小国，为政有经程。航

---

①康有为《基督新教浸礼会牧师未脱士，传教中国廿年，今为僧于锡兰。吾游缅甸、锡兰，见英人为僧者数矣，皆赤足苦行，此为中国教士耳。但其所得，仍是南宗，盖印度北宗已亡，但入中国。耶教出于佛之小乘，本近南宗。今印度译佛书虽二百余种，皆小乘也。惜西土佛会未闻吾中国大乘，它日译出，其倾倒归心转移教宗者，必不可思议也。劫有轮回，道有深浅，它日大同之世，佛教必复兴于大地也》，康有为著，上海市文物保管委员会文献研究部编：《万木草堂诗集》，第293页。

②黄遵宪《陆军官学校开校礼成赋呈有栖川炽仁亲王》，黄遵宪著，陈铮编：《黄遵宪全集》上，第95页。

③梁启超《爱国歌四章》，梁启超撰，汪松涛编注：《梁启超诗词全注》，第104页。"欧北天骄"指俄罗斯。

程三万里,拓地来南溟。所宝在农牧,化居心计精。"①出访途中,老诗人病足,其诗《迟明发万隆车中作》云:

> 晓行犯岚瘴,病足诚非宜。赖有浩然气,流布弥四肢。茫茫九州域,民物畴纲维?筋脉坐弛散,鳌肿疾不治。南来历诸岛,闻见初无奇。一牧跨海立,万群随鞭箠。岂惟恃威劫,欲恶审所施。不见所置吏,方言习侏离。劝农与行水,一一躬亲之。密网习亦忘,市贩麇至斯。遂挈山海榷,永为外府资。有人此有土,敢以告国医。②

"茫茫九州域,民物畴纲维?"是全诗之眼,诗人关注的是偌大中国,如何方方面面畅通布达,有效治理?对此重大问题,诗人从病足和南洋诸岛的治理得到启示,就前者说,之所以病足麻痹,是因为血脉不畅,浩然之气不能流布四肢,加上雾瘴天气,更是雪上加霜;就后者说,南洋诸岛虽然散落四方,语言、习俗各异,但如果体制、政令得当,但置一最高行政首长就可统筹治理。"有人此有土,敢以告国医",病足姑且不谈,南洋诸岛的治理经验,却不敢不上达柄国者,以诗为谏。

在周边国家中,日本的角色最为特殊。梁启超《去国行》云:"却读东史说东故,卅年前事将毋同!""尔来明治新政耀大地,驾欧凌美气葱茏。"③历史上以中国为师,近代同遭欧美打破锁国政策,但明治

---

① 陈宝琛《西历元日观西人操兵》《舟中忆爪哇之游杂述八首》(之二),陈宝琛著,刘永翔、许全胜校点:《沧趣楼诗文集》,第89页、第95页。
② 同上书,第92页。
③ 梁启超撰,汪松涛编注:《梁启超诗词全注》,第14页。

## 第一章 晚清海外诗"从周边看中国"

维新后,日本成为"驾欧凌美"的列强之一,此外中国人对于欧美的认识也往往通过日本的中介。所以诗人由日本反观中国的感受也最为复杂。

康有为戊戌变法后得到日本救助,其《前外务大臣伯爵副岛种臣以中国馔相款,并出诗文集相示,谈竟日,誓以救中国自任,感赠》云:"王猛遗言哀晋室,谢安垂老卧东山。控于大国知谁极,春草生兮怨未还。"①不免对日本欲取代其他"大国"控制中国的野心认识不足。高旭参观日本监狱后赋诗云:"人云此地狱,我说是天堂。返观病夫国,惨淡无日光。不教而杀戮,政治真荒唐!酿成血世界,人命贱犬羊。"②不免情绪宣泄太过激越。

二十世纪初的日本大阪街头

---

① 康有为著,上海市文物保管委员会文献研究部编:《万木草堂诗集》,第98页。
② 高旭《至川越参观少年监狱》,高旭著,郭长海、金菊贞编:《高旭集》,第58—59页。

在中国与日本等列强的种种镜像关系中，晚清诗人更多地是较为清醒的对比和思考。张謇《松永道中》云："山水孕自造物雄，蜻洲见者疑人工。岩㟏谷潋出风雨，海色八面磨青铜。有时映带列远近，有时独秀洪涛中。有时危缀树一粒，有时密密枞杉笼。……一一摹写有陈本，界画钩勒殊不同。……神州大陆廿二省，各有山水名其封。经营位置尽如此，图册宁许更仆穷。故知侏儒表一节，景物端与政事通。山经地志祖禹贡，当年疏凿谁之功？"[①]游览日本部画整齐的山山水水，心细而又敏感的诗人联系到祖国各地各自为政的混乱现状，以为自然景物的规则有序，实际上是社会治理水平的一个侧面，期望今日一方面能有大禹再世，另一方面也要虚心向比邻而居的日本学习。[②]

梁启超《游日本京都岛津制作所，赠所主岛津源藏》云："我昔读《易》稽先德，孔制作者唯圣王。范金合土揉斫木，其人皆配明皇帝。羲绳燧燧神农药，黄帝舟车尧垂裳。民到于今受其赐，《考工》所记尤周详。郑刀宋斤鲁之削，燕函粤镈各有良。轮舆筑冶凫栗段，鲍韗韦裘钟匡幌。"认为中国在汉代以前，"以道寓诸器"，在实用科学方面领先世界，但"后不师古斫大横，学非所用汉汔唐。俞精俞虚竞南宋，及今风气空言张。艺事摈不与士齿，有若赢股肱出乡。食之者众生者寡，士大夫皆鼠盗仓。"汉唐以来越来越尚义理空谈，以致在列强船坚炮利面前如螳臂当车；而目睹日本的先进制造业："百品部居不杂厕，动植矿力电声光。有如置我七宝地，所触尽璆玕琳琅。魂魂昆昆铸禹鼎，九

---

① 张謇著，徐乃为校点：《张謇诗集》，第178页。
② 张謇《东游初归过狼山湾遇雨》云："万里归来旅思轻，八旬凉燠数归程。洪涛轩涌岸都失，骤雨飞过山忽明。时为近乡询旱潦，不堪听客数科名。年来寇盗真充斥，此日江干甫角声。"自日本归来的第一眼已扫兴如此，当也不尽是偶然巧合。同上书，第179页。

牧所象物在旁。"诗人抚今追昔："下伤新步后四国，上悲绝业坠百王。"①不得不既感伤瞠乎日本（"四国"）之后，又感愤自身优良传统（"百王"）中道而坠。

晚清诗人反观中国，承认在很多方面要向日本、欧美学习，但也不是全无保留。这固然有诗人上国心态的积习残留，但也不乏有取有舍的理性思虑与权衡。文廷式《近日赴日游学者愈众，见此有作》云："忧时投止更何乡，客自沉酣我亦狂。十载先期洪水祸，千金初笑越人方。厄言十七宁多异，珠履三千恐未偿。闻道蓬瀛更清浅，只应微醉问扶桑。"②第二联讲过去对日的轻视和短见，第三联讲如今对日的浮夸和趋鹜，前后相形，其失惟均。

郑孝胥出使日本常驻江户，其《冬日杂诗》组诗一方面写刻苦学习外语，即使参加旅日欧美人家晚宴也不稍辍："学语殊未熟，时省怀中编。""读书二十年，此举谁谓然。吾意顾有在，未足为俗言。"表示要深入了解日本、了解西方。另一方面，对所见所闻亦心有未安："运会今何世，更霸起西方。谁能安士农？唯闻逐工商。贾胡合千百，其国旋

郑孝胥

---

① 梁启超撰，汪松涛编注：《梁启超诗词全注》，第199—200页。另参梁启超《若海颇思折节治世俗之学，要吾为之诵说，期以半岁，尽吾所有。寄诗坚明约束，且促其来》："生平颇恨鲁两生，不学叔孙知世务。""又恨杜陵老布衣"，"致君有道苦无术"。同上书，第226页。

② 文廷式撰，曾文斌选注：《文道希遗诗选注》，岳麓书社，2006年，第198页。

富强。此风既东来,凌厉世莫当。日本类儿戏,变化如风狂。天机已可见,人心奈披猖。诚恐时无人,礼义坐销亡。"①郑氏最不满日本两点,一是摹仿西方,一是唯利是图,结果导致传统礼义销亡,人心不古。这也是许多晚清诗人之共感。

关于摹仿西方,张謇《东游纪行二十六首》云:"始慕孙吴后李唐,中于赵宋亦回翔。只今事事摹欧美,摹到翘髭两角张。"②关于唯利是图,章太炎《东夷诗十首》第一首,先云当初"曾闻太平人,仁者在九夷"。待来日本,见"车骑信精妍,艨艟与天齐"。但长期观察之后:"穷兵师北狄,三载燔其师。将率得通侯,材官眂山鸡。帑藏竟涂地,算赋及孤儿。天骄岂能久?愁苦来无沂。偷盗遂转盛,妃匹如随麛。家家怀美疢,骬间生疣微。"最终"乃知信虚言,多与情实违"③。张謇说的是初抵日本的直觉,章太炎谈的是久居客地的观感变化。

最发人深省的当推王国维在日本所作《送日本狩野博士游欧洲》,全诗以三条线索展开,一条是亲眼所见的日本:"此邦曈曈如晓日,国体宇内称第一。微闻近时尚功利,复云小吏乏风节。疲民往往困鲁税,学子稍稍出燕说。"一条是当年与当前的中国:"颇忆长安昔相见,当时朝野同欢宴。百僚师师学奔走,大官诺诺竞圆转。庙堂已见纲纪弛,城阙还看士风变。食肉偏云马肝美,取鱼坐觉熊蹯贱。""四方蹙蹙终安骋?幡然鼓棹来扶桑。……谈深相与话兴衰,回首神州剧可哀。汉土由来贵忠节,至今文谢安在哉?履霜坚冰所由渐,麋鹿早上姑苏台。"

---

① 郑孝胥著,黄坤、杨晓波校点:《海藏楼诗集》,上海古籍出版社,2003年,第24页。
② 张謇著,徐乃为校点:《张謇诗集》,第172页。
③ 章太炎著,徐复点校:《章太炎全集 太炎文录初编》,上海人民出版社,2014,第249页。

第一章　晚清海外诗"从周边看中国"

一条切合时景,寄言即将远行欧洲的狩野:"离朱要能搜赤水,楚国岂但夸白珩。坐待归来振疲俗,毋令后世羞儒生。"期望他从欧洲带回真知和通识,振疲起俗,担当起"儒生"该当的责任。不过,这还只是表面的诗意,最后一句王国维说:"勿携此诗西渡海,此中恐有蛟龙惊。"①自负其实不浅,暗示惩时救失的良方已写在了自己这首诗里,而从他对日本现实的微讽和对故国短短数十年间白云苍狗巨变的深痛,不难发现他对日本士人的寄寓,也正是他自己在一片西化竞逐中作为"儒生"的忧惧与坚持。

王国维的诗人微意与诗作微旨,或许还可在其他诗人的几首诗作中旁参侧悟。郑孝胥在江户作《朝鲜权在衡招饮观梅》,写饭后共赏电影:"德法二主信时杰,猛悍欲作鳞之而。谁知异人华盛顿,状貌酷类枯禅师。雄豪百炼至平淡,中外一理元无疑。盛衰天道迭倚伏,会有能者同华夷。"②电影里出现德法美首脑,其中华盛顿给诗人留下深刻印象和启示:要在百炼平淡、不动声色之间融会中西精华,所谓"会有能者同华夷"。然能者何能?华夷怎同?

梁启超为横滨华侨子弟学校作《大同同学录题辞四十韵》云:"文或摩退之,诗或蹑白也。商或

王国维

---

①王国维撰,陈永正笺注:《王国维诗词笺注》,第143—144页。
②郑孝胥著,黄坤、杨晓波校点:《海藏楼诗集》,第26页。

021

慕程倮，工或颉工冶。师拟申伏伦，政矢管萧亚。从军志裹革，骋辩思炙锞。或航西海西，而养连城价。或与彼都士，竞此牛耳霸。或旋父母邦，观礼预宾蜡。或留作都讲，广我时雨化。……信能葆厥美，亮足光诸夏。"①寄语旅居他国的华侨子弟保持对中国文化的热情，在新时代的行业与专业分工中借鉴、融合中华文化之所长，既可反哺父母之邦，又能在所在国的竞争中增添实力。这是诗人的良好愿望。丘逢甲《澳门杂诗》云："春风吹化华夷界，真见葡萄属汉家。"自注："驻澳葡人多非卷发碧眼之旧，或谓为水土所化云"②——浅者可以喻深：在悠久、博大的中华文明主体性之上，借鉴、融会外来文明、他者文明，使之在长时间的积淀中化为自身不可分割的一部分。这应该是更切实际的构想。

## 第四节　亚洲秩序的古今变迁与遐想

谈到中国与周边国家的关系，晚清诗人几乎无不远溯过去，细说从头。如梁启超《朝鲜哀词五律二十四首》之二云："玄菟开汉郡，圭冕廓明疆。"③讲朝鲜，以商代箕子走避辽东与汉置玄菟郡为源头；陈宝琛《舟中忆爪哇之游杂述八首》之三云："刘宋已通贡，明初备藩翰。"④讲南海诸岛，从南朝以降礼尚往来不断。

---

①梁启超撰，汪松涛编注：《梁启超诗词全注》，第123—124页。
②丘逢甲著，丘铸昌校点：《岭云海日楼诗钞》，第157页。
③梁启超撰，汪松涛编注：《梁启超诗词全注》，第247页。
④陈宝琛著，刘永翔、许全胜校点：《沧趣楼诗文集》，第95页。

# 第一章　晚清海外诗"从周边看中国"

当然，这种中国中心的源远流长关系，晚近发生了动摇甚至破裂。朱铭盘十九世纪八十年代随清军驻汉城，作《朝鲜柳中使小园听土人杂歌》云："岂知中有唐诗曲，散入蛮荒化歌曲。……但觉黄河眼底流，如聆剑阁宵中雨。"①在朝鲜乐歌里，至今还能听出唐诗旋律和中国风物的影响，但同一个诗人，在另一首也作于朝鲜的诗里却不得不叹惋："祖宗手定三藩国，中山越南高句骊。中山已去不可返，越南岌岌累卵危。安得天下严口禁，秘密不遣高句骊。"②最后一句于无可奈何之中忽作异想天开。

而仅仅一二十年之间，当年朱铭盘诗里对越南的担心不幸已化为现实，康有为《游西贡》云："占城王会历千年，属国沧桑空问天。""已改地图奴隶久，最伤华旅受征尘。"③杨圻《越南诗》亦云："雨密山相向，江昏瘴合流。独寻形势在，功业令人愁。"④直到乾嘉年间清廷还派兵帮助越南平乱、改封越南王，但如今只是山河依旧，记忆犹新。偶尔听闻对于中国的关心和挂虑，空谷足音，已足以令晚清诗人感动莫名。⑤

朝鲜、越南如此，缅甸、暹罗、南洋诸岛也不例外，都转而不得不以侵入本地区的西方为中心。丘逢甲《舟过麻六甲》（之一）云：

---

①朱铭盘《桂之华轩诗集》卷三。
②朱铭盘《赠王伯恭》，《桂之华轩诗集》卷三。
③康有为著，上海市文物保管委员会文献研究部编：《万木草堂诗集》，第174页。
④杨圻著，马卫中、潘虹校点：《江山万里楼诗词钞》，第58页。
⑤如康有为《暹罗太子为僧，坐禅绝世，频忧中国，见人辄问吾起居》云："暹国高僧经绝世，频频问我起居来。"《缅甸哀》末尾借缅人官员语云："语终称吾缅已矣，中国阽危不可乐。"康有为著，上海市文物保管委员会文献研究部编：《万木草堂诗集》，第120页、第169页。

023

"欲问前朝封贡事,更无人说故王家。"①黄遵宪甚至对于"诸蛮尽向西"②感到愤慨,出以恶语:"化外成都会,迁流或百年。土音哓鴂舌,火色杂鸢肩。马粪犹余臭,牛医亦值钱。奴星翻上坐,舐鼎半成仙。"③

十九世纪末的越南西贡街头艺人

晚清诗人面对如此变局,不忘在他们自己的眼界范围之内,一究其因。李大防《朝鲜行》云:"当年祸变萧墙起,外戚专权同诸吕,党狱频兴瓜蔓抄,蛾眉又见马前死。"④康有为《缅甸哀》以缅甸壮丽的山河起头,继之云:"嗟哉形势壮海隅,惜乎荒淫不备虞。五日灭国堪骇吁,妃主茅棚豆羹存遗躯。"《十一月十二日,送同璧女还港省亲,兼

---

① 丘逢甲著,丘铸昌校点:《岭云海日楼诗钞》,第167页。
② 《新嘉坡杂诗十二首》之三,黄遵宪著,陈铮编:《黄遵宪全集》上,第131页。
③ 《新嘉坡杂诗十二首》之七,同上书,第131页。
④ 李大防《朝鲜行》,吴闿生评选,寒碧点校:《晚清四十家诗钞》,浙江古籍出版社,2006年,第276页。

往欧美演说国事,并召薇女来》云:"印度泱泱大,文明最古邦。只因倡革命,各自背君王。行省争分立,全疆遂尽亡。"①

朝鲜、缅甸、印度等国的衰弊和亡国,列强当然是罪魁祸首,但也不脱祸起萧墙、荒淫锁国、分裂争雄等等内因,甚至衰落的中国本身也难辞其咎。康有为《自大吉岭携同璧女游须弥山九日,深入至哲孟雄国之江督都城,英吏率国王迎于车站,入王宫,出其妃子相见,衣饰镂器,皆中国物。王拘降于英十四年,欲遁不得,见我欣然,以贝叶经酒筒相赠,吾解带答之。其后以拓影相赠,璧女解戒指赠之,盖故受封于我国者也》云:"颇闻布丹人,望救心百忧。岂知瑶池饮,王母醉云讴。煌煌祖宗业,日日蹙边陲。"②将矛头直指最高统治者一方面只知一己享乐,昧于世界大势,另一方面自身难保,无心和无力安边。

邓方《平壤中秋行》前半部写驻朝清军将领的荒淫无度,武备松弛:"军中作乐夜初酉,此时望月传金斗。赤兽戎装马上姬,黄羊番炙兵前酒。夜光豪饮醉葡萄,踏地营门北斗高。筊拍闹搋幢主瑟,烛花光灿健儿刀。"后半部写清军的不堪一击,兵败山倒:"白光一片烟云里,金银零落貔貅散。轰城铁炮江飞波,河上逍遥谁斫鼍。一个当关惊殉国,几人唤渡痛临河。后军浽水纷徙壁,败属沿途夜漆黑。十道关传恸哭声,八旗士带饥寒色。"③有前因,必有后果,所以归根结蒂,恐怕只能如梁启超《朝鲜哀词五律二十四首》所云:"弱肉宜强食,谁尤只自嗟!"④

---

①康有为著,上海市文物保管委员会文献研究部编:《万木草堂诗集》,第169页、第162页。
②同上书,第160页。
③邓方《平壤中秋行》,吴闿生评选,寒碧点校:《晚清四十家诗钞》,第268—269页。
④梁启超撰,汪松涛编注:《梁启超诗词全注》,第252页。

晚清诗人为周边忧，更为中国忧。李大防《朝鲜行》开头云："韩人已矣何足悲？伤心怕为韩人续。"结尾云："假涂灭虢前车在，莫使阿房哀后人。"①汪荣宝《三韩》（之一）云："鱼烂亡梁君莫叹，中原堂奥有人窥。"②文廷式赠朝鲜友人《雁》诗频频担忧中朝之间可能出现的离散关系："穷海累臣赋式微，鼓鼙声紧帛书稀。钧天广乐君须记，莫化冤禽海外飞。"③看到朝鲜作为中国屏障的地理位置，有唇亡齿寒之忧。康有为《泊亚丁》云："红海此门户，强英先据攫。炮垒洞山腹，旌旗表苍漠。锡兰与坡港，遥遥相犄角。远将大印度，一网无遗落。尽握海王权，张翼远其啄。嗟尔竞争世，海险无复获。"④看到南海与印度洋对于中国的战略地位。

十九世纪末的朝鲜街头

①李大防《朝鲜行》，吴闿生评选，寒碧点校：《晚清四十家诗钞》，浙江古籍出版社，第276页。

②汪荣宝：《思玄堂诗》，沈云龙主编《近代中国史料丛刊》第六十辑，文海出版社，1970年，第53页。

③文廷式撰，曾文斌选注：《文道希遗诗选注》，第110-111页。

④康有为著，上海市文物保管委员会文献研究部编：《万木草堂诗集》，第175页。

## 第一章　晚清海外诗"从周边看中国"

不过，自然地理和战略地位固然重要，但还在其次。在中国与周边关系中，晚清诗人最为看重的还是中国文化辐射的传统价值观。数千年来，他们在这样的文化价值理想里熏陶、成长，而朝夕之间这样的文化理想遭遇挫败，他们痛心疾首，沮丧哀伤，但又永远心有不甘！陈宝琛《泗里末谒孔子庙》云："地还名泗水，祀竟嬗文昌。滨海绵朱学，阶天夐素王。""九夷居未陋，重译道弥光。"[①]南洋某岛地名泗水，孔子生卒日皆罢市；康有为《星坡元夕，乡人张灯燃爆，繁闹过于故国，触绪伤怀，与铁君、同富侄、汤觉顿门人追思乡国》云："旧国烟花重此见，新亭风景泣何言。"[②]

叶德辉、丘逢甲等诗人更特别寄思措意于中华文化的重要载体和媒介——汉字。叶德辉《高桥领事招饮府署，即席口占，兼呈池部政次君》云："论交最喜同文轨"，[③]但濡墨未干，其《客居日本松乃旅舍，喜其礼俗中有中土古风，诗以纪之》随即惋叹："千载同文俗渐移。"[④]丘逢甲《西贡杂诗》之四云："未肯洋装换越装，金环椎髻素衣裳。传经但读佉庐字，移教无人说士王。"诗末自注："土人仍越装，少作西洋装者。但闻今年三十以下者，皆读西书，少通中国文者，可叹也。"[⑤]所欣所喜，所忧所叹，都关乎中华文化辐射影响的强弱消长。

锡兰（斯里兰卡旧称）卧佛，晚清诗人梁启超、丘逢甲等都曾亲临其地，作诗咏叹，然尤以黄遵宪《锡兰岛卧佛》极尽一唱三叹之致。

---

[①] 陈宝琛著，刘永翔、许全胜校点：《沧趣楼诗文集》，第93页。
[②] 康有为著，上海市文物保管委员会文献研究部编：《万木草堂诗集》，第113页。
[③] 叶德辉著，印晓峰点校：《叶德辉诗集》，华东师范大学出版社，2010年，第420页。
[④] 同上书，第425页。
[⑤] 丘逢甲著，丘铸昌校点：《岭云海日楼诗钞》，第164页。

"及明中叶后,朝贡渐失职。""咸归西道主,尽拔汉赤帜。"挟此文明中心转移的哀痛,诗人连续发问:"我闻舒五指,化作狮子雄,能令众醉象,败窜头笼东。何不赦兽王,俾当敌人冲?我闻拚大力,手张祖王弓,射过七铁猪,入地千万重。何不矢一发,再张力士锋?我闻四海水,悉纳毛孔中,蛟龙与鱼鳖,众生无不容。何不口一吸,令化诸毛虫?……"一向法力无边的佛教,在"惟强乃秉权,强权如金刚"的现代殖民暴力面前变得羸弱无力,不堪一击。另一方面,回顾佛教入我华土,"非特道家流,附会入庄、列,竟使宋诸儒,沿袭事剽窃"。佛教的在地融合策略与中土文明的强大同化力相结合,佛教最终成为中华文化之一部分。然而今时今日,"念我亚细亚,大国居中央","到今四夷侵,尽撤诸边防"。[①]逼人深思的问题是,当年能够相互同化、融合,并且在亚洲辐射巨大影响力的中华文化与佛教,在西方武力与文化的强势侵凌之下,还有再度复兴的希望与可能吗?

二十世纪初的斯里兰卡

---

[①]黄遵宪《锡兰岛卧佛》,黄遵宪著,陈铮编:《黄遵宪全集》上,第118—120页。

## 第一章　晚清海外诗"从周边看中国"

对于此一问题，不少晚清诗人给出了自己的答案。他们寄望于以历史的长度和幅度来消解眼前的暂时现状，以长期历史的经验教训来提供当前现实的借鉴。王国维在日本作《咏史》诗（之四），针对沙俄策动外蒙独立的阴谋，指出："古来制漠北，独有唐与元"，"用兹代北武，纬以江左文。婉娈服弓马，潇洒出经纶。"①陈去病《出塞望蒙古》二首，其一云："胡氛日以恶，剿抚终因循。"其二云："平生有奇策，悉开诸边屯。繁盛为郡县，旷土移流民。耕农兼畜牧，富庶期先臻。间乃列横舍，文化推无垠。非徒鸯鞮译，将使明彝伦。庶知天汉威，努力倾葵忱。誓词戴中国，弗复私强邻。"②王、陈二人均不约而同地基于历史提出筹边方略，相信虽猛而和、优容羁縻的历史经验，以及长期归化、润物无声的实际效果。

梁启超在东京作《送土尔扈特王归国》云："当代天骄宁白帝，汉家右臂有乌孙。三年横海心逾壮，何日登坛众共尊？此去承明对宣室，定闻讦策起黎元。羯来学士虚声贱，知赖君王雪此言。"③土尔扈特，卫拉特蒙古（西蒙古）四部之一，旧土尔扈特以珠勒都斯等地为牧地，新土尔扈特以今蒙古西部科布多城西南之地为牧地。梁启超期望土尔扈特王归国之后能力排众议，像当年汉朝与乌孙的关系一样，重敦西域与中土的睦邻友好。诸诗人虽都缘蒙古而发，但其他周边关系可以隅反。

康有为《题菽园孝廉〈选诗图〉》云："华夏文明剩竹枝，南洋风物被声诗。蛮花鴂鸟多佳处，恨少通才作总持。"④康有为遗恨缺乏

---

① 王国维撰，陈永正笺注：《王国维诗词笺注》，第178页。
② 陈去病著，殷安如、刘颖白编：《陈去病诗文集》，第99页。
③ 梁启超撰，汪松涛编注：《梁启超诗词全注》，第151页。
④ 康有为著，上海市文物保管委员会文献研究部编：《万木草堂诗集》，第117页。

通才总持华夏声教的传播与普及。丘逢甲在新加坡作《天南第一楼放歌》，开头云："亚洲一片云头恶，群花摧折雌风虐。"结尾云："中宵醉卧海云红，梦遣黄人捧朝日。"[①]《将之南洋留别亲友》（之七）云："骊歌声里即天涯，胡越何妨竟一家。大海重新开世界，群山依旧拱中华。贡金待铸先朝史，碾玉教图异域花。岛国王侯看下拜，书生此念太豪奢。"[②]丘逢甲以豪奢的梦想对照现实，恰如康有为以深沉的遗恨表示期望！

## 第五节　华侨番客的流寓与归属

由于自然地理原因，晚清诗人不时提及，倍感亲切、自豪的同时也不乏同情、哀怜的华侨，主要集中在东南亚，特别是南洋诸岛。丘逢甲《春日寄怀丘菽园新嘉坡》云："海山苍莽连诸国，古碣荒凉话六朝。"[③]记述所见的新加坡华人墓碑，有刻梁朝年号者，是载诸史册最早的华人遗迹。华侨也大多来自福建、广东、云南等沿海、边陲地区。自明朝郑和下西洋以来，迁徙海外的华人更多。杨圻《新嘉坡感怀》云："黄门来载宝，踪迹亦堪惊。""天心开远服，国语满南疆。"[④]自不待言，华人走到哪里，也把故国家乡的习俗习惯带到哪里，数十、数百年而不渝。陈宝琛《王汉宗同宿寺楼求跋所编族谱》云："独于异

---

① 丘逢甲著，丘铸昌校点：《岭云海日楼诗钞》，第166页。
② 同上书，第153页。
③ 同上书，第92页。
④ 杨圻著，马卫中、潘虹校点：《江山万里楼诗词钞》，第73页。

俗行家礼,族谱亲编见本原。对榻寺楼无月夜,海天别后总留痕。"①侨居他乡,仍不忘编撰族谱,饮水思源;丘逢甲《舟过麻六甲》(之三)云:"荒山中尚有遗民,一死居然与古邻。赢得盖棺遮短发,四方平定铁崖巾。"②闽人自明代流寓南洋,相传至今犹以明衣冠入殓。

华侨在他乡,立功立德者大有人在。杨圻《盘谷诗》云:"盘谷莺花暖,仙都江海滨。青山明汉节,芳草暗秦津。帝子伤亡国,孤臣怨暮春。沾巾向父老,未敢为他人。"③谓暹罗为缅甸所灭,遗臣广东澄海人郑昭在清廷帮助下复国,其子郑华为暹罗国王。康有为《游暹罗》云:"拓影自怜乘象辂,蛮夷大长又蛮荒。"谓暹罗某总督许心美,"吾国人,敬吾变法,见待殊礼"④。陈宝琛《息力杂诗》亦云:"女闾东国连檣至,利析秋毫信霸图。海外幸留邹

十九世纪末的南洋华人

---

① 陈宝琛著,刘永翔、许全胜校点:《沧趣楼诗文集》,第91页。
② 丘逢甲著,丘铸昌校点:《岭云海日楼诗钞》,第167页。
③ 杨圻著,马卫中、潘虹校点:《江山万里楼诗词钞》,第58页。"盘古"即今泰国曼谷。
④ 康有为著,上海市文物保管委员会文献研究部编:《万木草堂诗集》,第174页。

鲁泽，吾宗雄杰一时无。"①表彰福建人陈金钟为甲必丹（荷兰据印尼时期所设华人首领），不许福建人为娼，至今相传。这些都是华侨中有名有姓的杰出人物。华侨中人才辈出，但更多的人没有留下名姓。

杨圻《爪哇诗》云："越绝今门户，中原有附庸。当年多割据，谁与问提封？"②《哀南溟》云："古时瓯粤非吾类，一纸羁縻至今利。行色千金壮陆生，雄心百世惊刘季。"③两首诗前，诗人都分别撰有长序，其《哀南溟》序云：

> 我国滇粤西南数千里外，有岛屿数十百，星罗棋布于烟波浩渺中，综之曰南洋群岛。考之地势则中国之门户，欧洲之孔道；考之史册则明以前少与中国通。近二十年，朝廷稍稍知国人多生聚兹土，商业特盛，始有保护华侨之命。初不知楼船横海，宰割鲸鲵，四百年中执南荒牛耳者，大有伟人在，徒以海禁未开，有司目为海盗，不以上闻，谓珠崖为可弃，等夜郎于化外，听其自兴自灭。至今日而卧榻之侧，龙盘虎踞，时机之失，可胜追哉？④

诗人将历朝历代杰出华人在南洋群岛的旋兴旋灭与明清两朝的海洋政策联系起来，惋惜朝廷不能提供有效奥援，内外呼应，坐失经略南海的种种良机。在此，诗人与其说在做历史的检讨，不如说是对眼前来自海洋的各种严重压迫的有感而发。对于历代杰出华人的无声湮没，

---

①陈宝琛著，刘永翔、许全胜校点：《沧趣楼诗文集》，第84页。
②杨圻著，马卫中、潘虹校点：《江山万里楼诗词钞》，第57页。
③同上书，第70页。
④同上书，第67页。

第一章　晚清海外诗"从周边看中国"

在《爪哇诗》序里，诗人还曾发下如是宏愿："暇当考其姓氏，告我国人。"①

二十世纪初的新加坡街头

晚清诗人缅怀和表彰心中的华侨英雄，但也没有忘记人数更多的华侨普通人的无奈和伤痛。此以陈宝琛所作之诗最夥。其《舟行南海日在两山间苏门答腊东群岛也》云："龙牙犀角斗新晴，似为波臣管送迎。月午西风吹密箐，分明文岛豕嗁声。"诗末自注云："荷属文岛待华佣最虐，其诱卖者谓之猪仔，近有湖南、广西某某，皆以诸生罹诸毒苦。"②月夜舟行，风吹岸树，也仿佛吹送来华人冤魂的哀啼。《馆故甲必丹叶来宅叶盖土人拥以平乱者既因惠潮客民不协质成于英人遂隶英时有演说革命者援此晓之》复云："螳雀相乘鹬蚌持，开门延敌悟来迟。扶余尚乏虬髯主，枉眙中原劫后棋。"③华侨之间相互不协，不仅

①杨圻著，马卫中、潘虹校点：《江山万里楼诗词钞》，第57页。
②陈宝琛著，刘永翔、许全胜校点：《沧趣楼诗文集》，第91页。
③同上书，第87页。

在所在地让人有可乘之机，也不利于团结起来一致从海外救援祖国。

事实上，讲起华人华侨，最后都会讲到他们始终未敢或忘的祖国。但是，同样最为可叹的是，祖国却也可能于他们伤心最深。陈宝琛《舟中忆爪哇之游杂述八首》（之五）云："岂无邦族念，老死沦炎洲。输税既不赀，遗产常见收。故知莫我谷，欲归宁且留。"①《缅侨叹》复云："前者不归后且来，娶妇生子死便埋。嗟而岂若贪殉财？无田可耕乃至此，时节先垄宁忘怀？积赀难餍乡里望，有吏如虎胥如豺。中伤不售恣剽劫，要赎狱及坟中骸。"②华侨虽所在地不同，但却有着一致的心声，那就是他们背井离乡，远走异域，实在是故乡谋生艰难，情非所愿。即便如此，年老至死都未泯叶落归根之心，但家乡吏治腐败，横征暴敛，最终只能有家难回。

代华侨立言，抒赤子衷曲，陈宝琛作诗最夥，而黄遵宪作诗最著。其名诗《番客篇》写南洋华侨的一场婚礼，前半部依次写新房布置、乐人演奏、诸族来客、新郎新娘，以及打拼在南洋的各色成功人士，极尽欢闹。后半部气氛突转悲戚，在族群混居的白人、波斯人、马来人的众声喧哗中突出华人同胞的倾诉：

> 凡我化外人，从来奉正朔。披衣襟在胸，剃发辫垂索。是皆满洲装，何曾变服著。……岂不念家山，无奈乡人薄。一闻番客归，探囊直启钥。西邻方责言，东市又相斫。亲戚恣欺凌，鬼神助咀嚼。……同族敢异心，颇奈国势弱。虽则有室家，一家付飘泊。……近来出洋众，更如水赴壑，南洋数十岛，到处便插脚。他

---

① 陈宝琛著，刘永翔、许全胜校点：《沧趣楼诗文集》，第96页。
② 同上书，第90页。

第一章　晚清海外诗"从周边看中国"

人殖民地，日见版图廓，华民三百万，反为丛驱雀。蛉螟不抚子，犬羊且无鞯。比闻欧澳美，日将黄种虐。向来寄生民，注籍今各各。①

华人华侨从来没有完全切断与故国的种种因缘和关系，但晚清帝国不断

陈宝琛

衰落，一方面使华人的处境雪上加霜，另一方面也更其加深了华人希望祖国国力强大、政策开明的期盼。

杨圻《辛亥五月朝命赵从蕃京卿赴南洋存问诸岛华侨留宿星洲两旬张乐海山丝竹竟夕》云："一夕恩波远，三洲海水平。北辰星不动，南极日长明。山热春云涨，花浓江路清。仁风动丝竹，万里已同声。"②朝廷终于派出特使前来慰勉华侨，诗人与其说写出了一次场面上的慰问之虚饰，不如说是从华侨眼中看到了一线未来之希望。陈宝琛《缅侨叹》云："一廛异域岂得已，邦族欲复心滋灰。流人幸蒙圣主念，倘置一吏贤且才。护商万国有通则，行见同轨滇边开。"《舟中忆爪哇之游杂述八首》（之五）云："新喜诏改制，吏良政悦修。"③

---

①黄遵宪《番客篇》，黄遵宪著，陈铮编：《黄遵宪全集》上，第135页。
②杨圻著，马卫中、潘虹校点：《江山万里楼诗词钞》，第92页。
③陈宝琛著，刘永翔、许全胜校点：《沧趣楼诗文集》，第90页、第96页。

前一首尚在表示"幸蒙"的希望，后一首已在"新喜"政令的实际变化与施行。

## 第六节　诗界革命的理论与实践

康有为在马来西亚槟榔屿向北眺望："大海如凝膏，澄明磨青铜。极目一片白，渺渺际苍穹。大舰破浪来，匹练虬蠛蠓。下视槟屿市，蚁垤营窟窿。千里窍海峡，万岛点芙蓉。东接珠崖波，西当印度冲。回睨望中原，悲风接华嵩。"[1]汪荣宝在西伯利亚向南回首："金椎万里控神皋，绝漠惟惊凿空劳。独往真成追落日，适来可得止奔涛。平湖夜受寒星阔，连岭春兼霁雪高。回首齐州空九点，玉杯谁共醉蒲陶。"[2]晚清诗人从周边看中国，在前所未有的时空框架下，审视朝贡体系向殖民体系的转移，忧虑古老帝国的近代挫折和未来命运，扬弃西方文明的优劣得失，重新定位、理顺与邻国及旅外华侨的关系，给晚清诗这一古老的诗歌体裁带来了新的题材、新的意境、新的时空意识与现代意识。不仅如此，还带来了对诗歌史和诗歌创作本身的自觉反思。

陈宝琛《去老君岩数里山洞益奇日南道院亦供老子》云："蛮荒荦路怪得此，造化泄秘将谁娱。谢诗柳记料无分，草草一至哀怜吾。"[3]

---

[1] 康有为《借居槟榔屿绝顶英督署避暑，山趾至巅十余里，磴道单盘，兵垒环之，俯瞰山海，花木深闃，嘘吸云气，自奔亡后，居此最适矣》，康有为著，上海市文物保管委员会文献研究部编：《万木草堂诗集》，第137页。

[2] 汪荣宝《西伯利道中》，汪荣宝：《思玄堂诗》，沈云龙主编《近代中国史料丛刊》第六十辑，第69页。

[3] 陈宝琛著，刘永翔、许全胜校点：《沧趣楼诗文集》，第87页。

第一章　晚清海外诗"从周边看中国"

自感南洋之行虽然来去匆匆，但游历山水，所见所闻，已逸出谢（灵运）诗柳（宗元）记以外。丘逢甲《论诗次铁庐韵》（之七）云："芭蕉雪里供摹写，绝妙能诗王右丞。米雨欧风作吟料，岂同隆古事无征。"《七洲洋看月放歌》云："少陵太白看月不到处，今宵都付渡海寻诗人。……月光遍照六大洲，万怪千奇机械见。剩此同舟胡越犹一家，各抱月华共欢宴。"①自信以"米雨欧风"做诗歌写实的新题材，定非王维凭空虚构雪里芭蕉之可比；另一方面，就算是在南海写实所见的月亮，也是大陆诗人——即使是李白、杜甫——所梦想不到的。

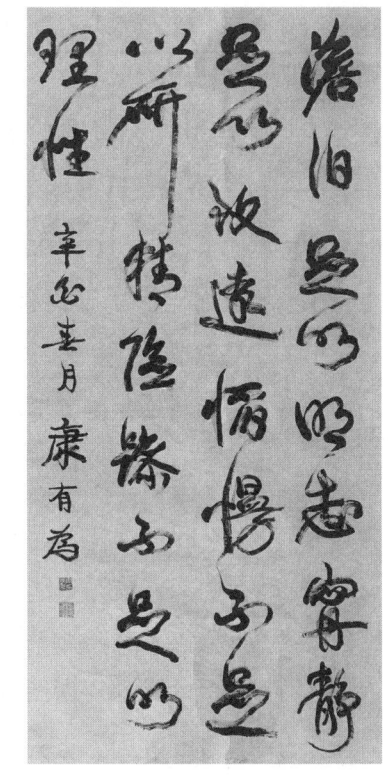

康有为书法

　　康有为《论诗示菽园，兼寄任公、孺博弟》更一气写出三首论诗诗，把类似陈宝琛、丘逢甲的诗学观点，做更系统的发挥。其一云："一代才人孰绣丝，万千作者亿千诗。吟风弄月各自得，覆酱烧薪空尔悲。正始如闻本风雅，丽葩无那祖骚词。汉唐格律周人意，悱恻雄奇亦可思。"不满诗人仅止于吟风弄月，以为如此作诗毫无价值，纵观诗史，唯有向《诗经》与汉唐诗歌学习，将立意关切与诗歌形式结合起来，达到"悱恻雄奇"的境界；其二云："新世瑰奇异境生，更搜欧亚

---

①丘逢甲著，丘铸昌校点：《岭云海日楼诗钞》，第205页、第162—163页。

037

造新声。深山大泽龙蛇远,瀛海九州云物惊。四圣崆峒迷大道,万灵风雨集明廷。华严帝网重重现,广乐钧天窃窃听。"国家不幸诗家幸,此世界、文明格局重组、重构的新时代,正给诗人带来不限于本国本土的眼界、题材,不限于既有诗史的形式、手法,所谓诗界革命,恰逢其时;其三云:"意境几于无李杜,目中何处着元明。飞扬势作风云起,奇变见犹神鬼惊,扫除近代新诗话,冥契箫韶闻乐声。元气混茫与微妙,感人千载妙音生。"①在自觉的诗史反思与现代意识洗礼下,古老的中华诗艺可以重焕生机,越过元明以下的萎靡不振,直接周意唐音。康有为论诗三诗,上下纵横,左右捭阖,他所特有的康氏意气,也许在维新变法上不太合宜,却恰恰是所谓诗界革命所亟需的。

不仅是理论上的诗史、诗学反思,晚清诗人还推举出他们认为较为成功的诗人与诗歌实践。陈宝琛《息力杂诗》云:"天才雅丽黄公度,人境庐诗境一新。遗集可留图赞稿?南溟草木待传人。"②陈氏在晚清诗坛深有地位和影响,在此不惜为黄遵宪张目,并且期待更多的诗人继踵而起。梁启超《广诗中八贤歌》称赏八位诗人,其中推崇蒋智由:"诗界革命谁欤豪?因明巨子天所骄。驱役教典庖丁刀,何况欧学皮与毛。"推崇严复:"哲学初祖天演严,远贩欧铅换亚椠。合与莎米为鲽鹣,夺我曹席太不廉。"③蒋氏、严氏诗歌的重要贡献就是融现代意识、西方义理和材料入诗,拓宽了诗的疆域,赋予古典诗新内容与新境界。对于蒋、严二氏之诗,梁启超谓之驱役欧学,可与莎士比亚、米尔顿(弥尔顿)结队雁行,惜未作深论,兹聊举数例稍发明之。

---

① 康有为著,上海市文物保管委员会文献研究部编:《万木草堂诗集》,第288页。
② 陈宝琛著,刘永翔、许全胜校点:《沧趣楼诗文集》,第84页。
③ 梁启超撰,汪松涛编注:《梁启超诗词全注》,第71—72页。

第一章　晚清海外诗"从周边看中国"

曾纪泽《八月十五日夜森比德堡对月》末四句云："明镜喜人增白发，奚囊搜句到红毛。冰轮何事摇沧海，去作长天万顷涛。"①所谓"奚囊搜句到红毛"，即引西人有关海潮为月力吸引之说入诗。丘逢甲《海中观日出歌由汕头抵香港作》云："海风吹天力何劲，黄人捧日中天正。直将原始造化垆，铸出全球大金镜。罗浮看日夸绝奇，裹粮夜半一遇之。……迂儒见不出海表，苦信地大日轮小。安知力摄万星球，更着中间地球绕。"②所谓"迂儒见不出海表"，即从前诗人写日出，即使在罗浮山这样的形胜名山苦等之后如愿以偿，也写不出大海的日出磅礴、写不出地球绕日转动。

曾纪泽

此外，秋瑾在日本所作《吊吴烈士樾》云："卢梭文笔波兰血，拼把头颅换凯歌。"③丘逢甲《星洲喜晤容纯甫副使闳即送西行》（之二）中四句云："排云叩阊阖，救日出虞渊。异域扶公义，神州复主权。"④分别将吴樾、容闳的行止事迹与广阔的世界风云变幻联系起来，其中，

---

① 曾纪泽著，喻岳衡点校：《曾纪泽集》，第262页。
② 丘逢甲著，丘铸昌校点：《岭云海日楼诗钞》，第403页。
③ 秋瑾著，郭延礼选注：《秋瑾选集》，第103页。
④ 丘逢甲著，丘铸昌校点：《岭云海日楼诗钞》，第166页。

039

阊阖、虞渊，旧典也，公义、主权、卢梭文笔、波兰血，新境也。

不徒诗歌，梁启超、丘逢甲还不约而同地以有关画家的画作成就作比，借邻壁之光。丘逢甲《谢林雪斋丰年惠画》（之四）云："寻诗海外气何雄？海外尤传画笔工。花是英皇鸟俄帝，不妨齐取入屏风。"①赞美谢氏画作里出现与英国女王同名的维多利亚花及俄国旗章上的鹫鸟。梁启超于澳洲作《赠别郑秋蕃，兼谢惠画》云："眼底骈罗世界政俗之异同，脑中孕含廿纪思想之瑰奇。……不愿金高北斗寿东海，但愿得见黄人捧日崛起大地而与彼族齐骋驰。……一缣脱稿列梳会，万欧啧啧惊且咍。乃信支那人士智力不让白晳种，一事如此他可知。"②自谦所提倡的诗界革命由于才力不够也许效果有限，但诗界革命的精神却在郑氏之画中有着成功的样板，后者以二十世纪之头脑、手眼熔铸世界各地所见所闻，所绘画作列展世界博览会（"梳会"），为中国艺术争得一席之地。

梁启超《赠别郑秋蕃，兼谢惠画》最后归结到民族、国家。这当然是晚清诗人念兹在兹的中心关切，连诗歌创作本身也不例外。丘逢甲在香港作《题兰史独立图》云："黄人尚昧合群理，诗界差存自主权。"《海中观日出歌由汕头抵香港作》云："我是渡海寻诗人，行吟欲遍南天春。完全主权不曾失，诗世界里先维新。"③在国势阽危、主权日蚀之际，在与"佉卢"（欧美字母）文字迥不相类的汉字写就的诗歌里，幸而还保存着相对完整的主权，未曾拱手让人。不过，须要马上补充的是，晚清诗人并不狭隘。同一个丘逢甲，其在南洋所作《论诗次铁庐

---

① 丘逢甲著，丘铸昌校点：《岭云海日楼诗钞》，第378页。
② 梁启超撰，汪松涛编注：《梁启超诗词全注》，第75—76页。
③ 丘逢甲著，丘铸昌校点：《岭云海日楼诗钞》，第386页、第403页。

## 第一章 晚清海外诗"从周边看中国"

韵》(之五)云:"北派南宗各自夸,可能流响脱淫哇。诗中果有真王在,四海何妨共一家。"①诗歌主权是在积极参与到世界大势的发展进程之中获取的,首先四海一家,然后才能主权独立。换言之,诗学主权和国家主权一样,都不是靠闭关锁国维持的。

而同样值得庆幸的是,晚清诗人所自得的诗学主权、所遗憾的国家主权,最终也都幸而获得了高度一致。当年,康有为在海外听闻丘逢甲、黄遵宪二人整日在黄氏故乡广东梅县斗诗度日,颇为不满,作《闻邱仙根工部归里,与黄公度京卿各争诗雄。文人结习,别开蛮触,以诗问讯,且调之》云:"亡国原为好诗料,保身最好托词章。只愁种灭文同灭,佳集虽传亦不长。"②康有为当然不是不重视诗歌,他像中国诗史上无数的诗论家那样,毋宁说格外重视诗歌,重视诗歌的民族担当和社会责任;不过,他对丘逢甲、黄遵宪的调笑也被事实证明是多余的,因为我们今天有可能在此讨论包括丘、黄两位在内的诗人及其诗作,本身就是国种不灭、诗歌不灭的最好证明。

康有为与梁启超

---

①丘逢甲著,丘铸昌校点:《岭云海日楼诗钞》,第205页。
②康有为:《万木草堂诗集》,上海市文物保管委员会文献研究部编,第128—129页。

## 第二章

# 晚清海外诗的"身份意识"

晚清作为"观自得斋丛书"之一行世的《伦敦竹枝词》，末尾有几行作者识语，最后一句是："光绪甲申秋九月，局中门外汉自识。"为之作"跋"的檥甫亦云："今年春，观自得斋主人出示局中门外汉所为《伦敦竹枝词》，其诗多至百首。"①钱锺书早已考证出"局中门外汉"是张祖翼。②不过，考证可能有时也显得多余，甚至遮蔽了更大更重要的问题意识，因为不是"张祖翼"，而是"局中门外汉"再生动形象不过地把晚清走向海外的中国诗人的身份处境、身份意识呈现出来：他们走出国门，扑面而来五洲四洋的风雨，必然不可能原封不动地保持原先那个国内之我，在途中或者抵达目的地，身处异邦他乡之"局中"，但又同样不可能完全融入所在之地，依旧还是一介"门外"之汉。③国内和所在之地是相距遥远的两点，他们的身份意识必然是在这两点之间不断往复移动，永远保持着"局中"与"门外"之间的张力和由此引起的动态不定。

具体说来，众所周知，晚清诗人第一位的自我意识是所谓民族国家

---

① 张祖翼著，穆易校点：《伦敦竹枝词》，岳麓书社，2016年，第30页、第31页。

② 钱锺书《汉译第一首英语诗〈人生颂〉及有关二三事》，钱锺书：《七缀集》，上海古籍出版社，1985年，第141页。

③ 这种"局中门外汉"意识即使在细微小事中也能体现出来，如王韬在英国走路不小心陷于一凹坑，作诗云："到此已难寻退步，惭余随处值迷津。"王韬《偶涉一土阜陷淖中戏作》，王韬著，陈玉兰校点：《王韬诗集》，上海古籍出版社，2016年，第129页。汪荣宝一战时滞留欧洲作诗云："对月略能推汉历，看花苦为译秦名。"汪荣宝《留滞》，汪荣宝：《思玄堂诗》，沈云龙主编《近代中国史料丛刊》第六十辑，第79页。

第二章　晚清海外诗的"身份意识"

意识，但同时也有自古而来并被赋予新义的"天下"、世界意识，以及最新觉醒的个体意识，这些意识既混杂在一起，又相互区分开来，并且随着时间推移、空间转换、论题变化以及诗人与诗人的不同、诗人前后心态的不同甚至同一诗篇抒情、叙事的首尾不同而发生变化。也就是说，诗人的身份处境、身份意识不仅是由当时所在之地实际的经线与纬线决定的，还是由个人、国家、民族、世界的"经线"，与不同的时间、空间、论题及诗人心态、诗篇作品等"纬线"纵横交错而成的；"局中门外汉"的血肉之躯，其实也是多重观念与情感的冲突场域与"接触地带"（contact zone）。[1]

## 第一节　随时间推移的身份意识

斌椿、何如璋、王韬、潘飞声连同张德彝、黄遵宪等是晚清最早走向海外的国人。1866年，斌椿出使德国、俄罗斯并游历十五国，归途作诗一首，近乎总结全程："蕃王知敬客，处处延睇视；询问大中华，何如外邦侈？答以我圣教，所重在书礼；纲常天地经，五伦首孝悌；义利辨最严，贪残众所鄙；今上圣且仁，不尚奇巧技；盛德媲唐虞，俭勤戒奢靡；承平二百年，康衢乐耕耔；巍巍德同天，胞与无远迩；采风至列邦，见闻广图史。"[2] 人在异国，身兼考察政教风俗的使命，但千年

---

[1] 参阅玛丽·路易斯·普拉特著，方杰、方宸译：《帝国之眼：旅行书写与文化互化》，译林出版社，2017年，第9页。
[2] 斌椿《中秋差旋，寄弟子廉，兼寄杨简侯表弟、维雨楼甥四十韵》，斌椿：《天外归帆草》，岳麓书社，1985年，第202—203页。

相传的心态和观念还是根深蒂固，仍以"蕃王"称呼外国元首，夸耀"圣教""盛德"，但诗句中"列邦"二字，却隐隐透露出所出使诸国原已与"大中华"平起平坐；而途经虎门，作《过虎门炮台》诗云："层峦曲折锁重关，峻险天成万叠山；太息当年疏扼守，教人怅望泪长潸。"①似乎不得不承认"列邦"不仅与"大中华"平等，甚且已凌"大中华"而上之。

1877年，何如璋出任驻日大使，其《使东杂咏》开篇第一首云："相如传檄开荒去，博望乘槎凿空回。何似手赍天子诏，排云直指海东来。"诗末自注："航海凡十数日，皆无大风，行人安稳，知海若亦奉护天子威灵也。"甫抵日本，日舰与我舰互挂对方国旗，"祝炮"二十一响；至天后宫行香，日人争睹："定知依汉天相等，难怪观宾国若狂。"②何诗用司马相如传檄喻蜀和张骞出使西域的典故，显示所谓"上国"威仪，与斌椿同出一辙，只是挂旗和祝炮的最新礼

斌椿

---

① 斌椿：《天外归帆草》，第203页。
② 何如璋著，吴振清、吴裕贤编校整理：《何如璋集》，天津人民出版社，2010年，第3页、第4页。黄遵宪随何如璋出使，其《由上海启行至长崎》亦云："使星远曜临三岛，帝泽旁流遍裨瀛。"黄遵宪著，陈铮编：《黄遵宪全集》上，第91页。

仪不管诗人的主观意愿，已喻示着一个国际交往全新时代的到来。

虽然间有虎门炮台等所提示的近代记忆，但天下"承平"，大清帝国在"列邦"之中大体还能保持自身的完整与独立，加上使臣身份，所以斌椿、何如璋等人的诗作国家（朝廷）意识十分强烈，很少流露个人情感，甚至在潜意识里不乏历史遗留的傲慢。这与同期因个人原因出国的王韬、潘飞声等人构成较明显的对照。王韬《到英》诗云："欧洲尽处此岩疆，浩荡沧波阻一方。万里舟车开地脉，千年礼乐破天荒。山川洵美非吾土，家国兴衰托异邦。海外人情尚淳朴，能容白眼阮生狂。"[1]王韬因暗通太平天国遭清廷通缉，在英人庇护下避走香港，此番作为汉学家英译中国经典的助手赴英；这首诗也为居英期间的诗作定下基调，虽然家国并称，但家多国少，诗人更多感叹的还是沦落海外、穷途万里的个人际遇。潘飞声去德国教汉语，在从巴塞尔到柏林的夜行火车上作诗云："少壮蹉跎过，关河跋涉经。客心殊不畏，渴饮酒双瓶。"[2]与王韬类似，国家（朝廷）似乎还不是十分需要系念和担忧的对象，关河跋涉的巨大时空只把个人反衬得更渺小，把客心反衬得更强烈。

直到甲午以后，在斌椿、王韬等人诗作之中分途而行的国家意识与个体意识才渐趋合流。潘乃光随王之春出使俄国，经停巴黎即将归国之际听闻甲午战败、割让台湾的噩耗，连续作《感事四律》及《台湾割让时局可知谁实为之愤而成此》等诗。《感事四律》之二云："交联夷夏许随肩，事小何尝是乐天。行到馁时谁作气，机从转处竟全权。让人尺寸犹珍惜，夺我膏腴肯弃捐。击楫中流无此辈，江河日下顺风船。"之

---

[1] 王韬著，陈玉兰校点：《王韬诗集》，第126页。
[2] 潘飞声著，穆易校点：《西海纪行卷》，岳麓书社，2016年，第108页。

三云:"共说多年练水师,海军一溃竟难支。骑牛老子应长往,化鹤丁公不自悲。堂上有人吟蟋蟀,辽东无豕走狐狸。奈何台岛称行省,转瞬甘为敌国资。"①前一首极言自己随从出使所身经目睹的种种外交艰辛,为维护国家主权、利益在列国之间忍辱负重,折冲尊俎,后一首连同前一首从中国、日本、李鸿章及身在巴黎大清公所的诗人等多重复杂角度对遭受重创的祖国表达忧愤。但诗人此时也并不绝望,《台湾割让时局可知谁实为之愤而成此》尾联云:"桑田沧海仍无定,周处乘机而斩蛟。"②坚信祖国必将克服暂时的困难,走出危机。

而在世纪之交这个特殊的日子,在日本出使的钱恂作《江岛金龟楼饯岁》云:"冬十一月岁辛丑,二十世纪初载首。三神山客禹域某,穷不死年四十九。身寄海曲小于鲰,目注全球炯星斗。"一开头就将自己逼退到海曲一隅,似乎颓唐已甚,但并不尽然,实际上是自赋一个总结和反思的具体身位,既为自己也为国家,既冷静又热烈。诗人在使日之前已在英法等国出使多年:"欲证凿空漫游欧,此身初入文明薮。……英佛独露竞进取,德固

钱恂

---

①潘乃光《使俄载笔》,潘乃光撰,李寅生、杨经华校注:《榕阴草堂诗草校注》,巴蜀书社,2014年,第505页。

②同上书,第506页。

非齐地非丑。奈坡翁一逞躙踩,维纳柏林盟存否?专制立宪难为偶,白熊黑鹰雄雌守。共和政体古昔有,华盛重兴约克纽。君坦风腥扬尘垢,蛮夷不讨专擅久。罗刹入海山狮吼,成吉苗裔随指嗾。"

在观察实证的基础上,钱恂对近代以来欧美诸国彼此竞逐,华盛顿、拿破仑等群雄并起及俄罗斯、土耳其之间的此兴彼衰留下深刻印象,认为其代表着"文明"大势。但反观故国,昧于时势的守旧派仍不在少数,维新变法受阻,并酿成最近的义和团之乱和八国联军入侵:"智者自胜愚者负,彼昏尚欲憎多口。新理日辟玄黄剖,旧习岂容今日狃。天子圣哲民父母,欲培种穋除稗莠。群宵乃敢肆蝇狗,云雨蔽光翻覆手。八王乱晋周文羑,张角黄巾共抖擞。天陆将沈天黑黝,强敌压境拉枯朽。"最后,在诗人看来,中国如果不能变革进取,向欧美看齐,那么就只能遭遇与另一个已被瓜分和吞并的国家——波兰相似的命运!"举国懵懵维利诱,波兰岂竟殊寰臼!"①钱恂以波兰这个失败的前车警醒中国,陪同出使的钱夫人单士厘则步钱诗原韵,以日本这个成功的近邻寄望祖国:"速扫阴霾涤尘垢,海国维新春未久。"②

但单士厘、钱恂、潘乃光等人未曾失去的希望,愈到后来,在其他诗人那里,则是愈大的失望。汪荣宝作《渡海》三首,第一首有句云:"及关犹有叹,去国可无悲?礼失求于野,官亡学在夷。"第三首有句云:"向若徒惊叹,居夷岂素心?精禽如有意,先起九州沈。"③马君武作《去国辞》五首,其一云:"九天蒙气郁层层,无数沉冤厉鬼魂。

---

① 转引自单士厘著,陈鸿祥校点:《受兹室诗稿》,湖南文艺出版社,1986年,第29—30页。
② 单士厘《江岛金龟楼伐岁步积颙步斋主人原韵》,同上书,第28页。
③ 汪荣宝:《思玄堂诗》,沈云龙主编《近代中国史料丛刊》第六十辑,第24页、第25页。

暗翳愁看天子气，蹉跎未报国民恩。屡闻朝市兴文祸，痛哭新亭碎酒樽。行矣临流复一叹，冷冷哀瑟奏雍门。"①其五云："廿纪风云诸种战，凌欧驾美是何年？诸姬淫佚麟潜泣，大厦倾颠燕熟眠。万里旅行辞祖国，百年戎祸哭伊川。男儿生不兴黄祸，宁死沧浪作鬼还。"②同样是出国，无论因公因私，心情意绪与斌椿、王韬等人当年相去已不可以道里计，国家、民族的危机日益加重，时局没有最坏，只有更坏，诗人失望至极，但他们国身通一，都自觉不自觉地将一己个人与国家、民族的命运紧密联系在一起，所谓"行藏关一世"，"春秋大义通国身"③。

1910年，章太炎和黄侃在日本联句：

中原乱无象，被发入蛮夷。忍诟既三岁，裘葛从之移！秋风起初夕，大火忽流西。登楼望旧乡，天柱亦已颓。蠬诎徒为尔，用晦思明夷。谁言乐浪乐？四海无鸡栖。安得穷石君，弹日沦溟池。草木焦以黄，桂树犹萋萋。将非天帝醉，金版资东鲲。夏民竟何罪？种类将无遗！昔人瞻周道，

章太炎

---

① 马君武撰，熊柱、李高南校注：《马君武诗稿校注》，广西师范大学出版社，2016年，第26页。
② 同上书，第30页。
③ 梁启超《南海先生倦游欧美，载渡日本，同居须磨浦之双涛阁，述旧抒怀，敬呈一百韵》《赠徐佛苏，即贺其迎妇》，梁启超撰，汪松涛编注：《梁启超诗词全注》，第340页、第263页。

## 第二章 晚清海外诗的"身份意识"

中心犹懵悽。何况阻海波，咫尺不可跻。邦家既幅裂，文采复安施？先民固有作，终惧遭燔煨。鼠忧亦奚济，鱼烂会有几？及尔同沈渊，又恐罹蛟螭。愿言息尘劳，无生以为师。①

远在爪哇的苏曼殊接到赠诗后，作《耶婆提病中，末公见示新作，伏枕奉答，兼呈旷处士》："上国亦已芜，黄星向西落。青骊逝千里，瞻乌止谁屋？江南春已晚，淑景付冥莫。建业在何许？胡尘纷漠漠。佳人不可期，皎月照罗幕。九关日已远，肝胆竟谁托？愿得趋无生，长作投荒客。"②"末公"是章太炎，"旷处士"是黄侃，赠诗与奉答俱颓唐已甚，但绝望之为虚妄，正与希望相同，他们在诗外，也都是壮怀激烈的革命家；不徒慨叹和怨嗟，还有付诸改变的行动，而行动的意义，又不限于狭义的种族兴衰，更关乎文化、文明的存亡："邦家既幅裂，文采复安施？先民固有作，终惧遭燔煨。"因此，诗人之我，同时也是绝望之我与革命之我，是种族、国家之我，也是文化、文明之我。

## 第二节　随空间转换的身份意识

新加坡处于枢纽位置，马君武《自上海至玛赛途中得诗十首》之六

---

①《秋夜与黄侃联句》，章太炎著，徐复点校：《章太炎全集　太炎文录初编》，第251页。
②苏曼殊著，邵盈午注：《苏曼殊诗集》，第75页。

云:"侧身频北望,转舵便西游。"①斌椿《新嘉坡多闽粤人,市廛栉比,门贴桃符,书汉字,有中原风景;予历十五国回至此,喜而有作》云:"片帆天际认归途,入峡旋收十幅蒲。异域也如回故里,中华风景记桃符。"②对于诗人来说,虽然早已远离国境,但只有从新加坡再往西,才算真正离开了中国;与此相对,诗人西去归抵新加坡水域,虽然还有漫漫前路,但至少在心理上中国已近在眼前。的确,在中国周边地区,特别是东亚、东南亚地区,中国传统政治、文化的影响十分深刻和明显。但是,近代以来葡萄牙、荷兰、英国、法国、美国等西方势力东来,加上维新成功迅速崛起的日本,本地区的政治、文化版图发生激烈动荡和重组,中国影响严重衰退。在此背景下,晚清诗人往来朝鲜、琉球、缅甸、越南、暹罗及南洋诸岛,甚至割让与人的香港、澳门、台湾,都必然别有一番滋味。

朱铭盘十九世纪八十年代随清军驻守朝鲜汉城,其《赠王伯恭》诗云:"祖宗手定三藩国,中山越南高句骊。中山已去不可返,越南岌岌累卵危。安得天下严口禁,秘密不遣句骊知。"③不出数年,诗人的担忧竟都变成了现实。陈宝琛《泗里末谒孔子庙》云:"地还名泗水,祀竟嬗文昌。滨海绵朱学,阶天夐素王。"马来亚某地名"泗水",孔子生卒日皆罢市,可见汉文化圈辐射影响之强,然陈诗结尾云:"终看归则受,景教与天方。"④儒教与基督教此消彼长。丘逢甲《舟过麻

---

①马君武撰,熊柱、李高南校注:《马君武诗稿校注》,第84页。
②斌椿:《天外归帆草》,第198页。
③朱铭盘《桂之华轩诗集》卷三。
④陈宝琛著,刘永翔、许全胜校点:《沧趣楼诗文集》,第93页。

第二章　晚清海外诗的"身份意识"

六甲》（之一）云："欲问前朝封贡事，更无人说故王家。"①杨圻《越南诗》亦云："雨密山相向，江昏瘴合流。独寻形势在，功业令人愁。"②直到乾嘉年间清廷还派兵帮助越南平乱、改封越南王，但如今山河依旧，宗风变易。在东亚、东南亚的镜像里，晚清诗人把过去的中国与现在的中国细心对比，着意端详。看到强弱两幅中国影像，诗人内心也不得不随之在记忆与现实之间往返甚至撕裂。

潘乃光《初八辰刻抵亚理三德，同人登岸访旧城，石柱询悉二千二百年前所建，望古遥集，感慨系之，复游埃及王花园得此二律》第一首结句云："凭谁向导窥陈迹，年代依稀迈汉唐。"第二首结句云："须知域外多强富，五大洲中不自夸。"③晚清诗人在中华文明以外，终于认识到还有埃及等同样古老的文明。从新加坡向西继续航行，一路即可经历不同文明的类型与地区。如马君武《自上海至玛赛途中得诗十首》之八云："万里连沙漠，千峰耸剑形。烹驼肆毛羽，集蛤作簪缨。剑教摩诃末，屯兵英格伦。凭舟感今昔，红海答潮声。"④途经阿拉伯半岛西南端、扼守欧亚非三洲海上要冲的也门港口城市亚丁，诗人感慨伊斯兰文明得江山之助而历久绵延，也正受到现代世界的挑战与威胁。

而在中国诗人中海外旅历国家最多、时间最长、对列国政经文化考察最详的，当推康有为。康氏滞留印度期间，作诗《访中印度呃忌喇故京，十一月十五游蒙古沙之韩帝故宫陵。是夜月色如银，游人甚多。宫

---

① 丘逢甲著，丘铸昌校点：《岭云海日楼诗钞》，第167页。
② 杨圻著，马卫中、潘虹校点：《江山万里楼诗词钞》，第58页。
③ 潘乃光撰，李寅生、杨经华校注：《榕阴草堂诗草校注》，第487页。
④ 马君武撰，熊柱、李高南校注：《马君武诗稿校注》，第86页。

陵临恒河，纯以白石为塔，殿高插天半，倒影恒河中，费十二万万卢卑，地球巨工少有过此，其精丽亦与罗马彼得庙同冠大地。今英人以为公园，西女曼歌于林间，可感怆矣》《游中印度舍卫城，访佛迹，舍卫为印度京，印言曰爹例。十一月廿日，于舍卫城外三十八里，得佛旧祇树林须菩提布金地遗址，殿基犹存，三角楼尚完，遗柱三百四，其西南则半圮矣。环廊尚有三面，纯石，半完半坍，西门五石龛最完好，其西南一堂，崇墙三重岿然，余为回教所毁。登塔四望，群冈自鹫岭走来，数重环裹，其气象为印度所无，宜佛产其间也。颓垣断础，无佛无僧，大教如斯，浩劫难免，其他国土，一切可推。携次女同璧来游，感怆无限，车中得九诗纪之。支那人之来此者，法显、惠云、三藏而后，千年而至吾矣》①，从此两长题已可看出，让康氏"感怆无限"的固然是印度及佛教文明的衰落，但与马君武、潘乃光等人类似，诗句背后所隐现的同样是对陷于困厄中的故国命运的担忧。印度、埃及等古文明仿佛是中华文明的重影。

康有为全家福

在耶路撒冷，康氏看到在哭墙之前聚集而泣的犹太教众，对比中国，数千年来亡国破京的悲剧也曾不断上演，骚人墨客怀古哀吊有之，但未曾见如此凭城恸哭："借问犹太亡，事远难哀怜，万国有兴

---

① 康有为著，上海市文物保管委员会文献研究部编：《万木草堂诗集》，第148页、第150页。

第二章　晚清海外诗的"身份意识"

废,遗民同衔冤。……岂有远古朝,临哭旦夕酸。……答言祖摩西,奉天创业勤。……大辟所罗门,两王尤殊勋。……岂意灭亡后,蹂躏最惨辛。……有家而无国,处处逐辱艰。被虐谁为护,蒙冤谁为伸。传言上帝爱,我呼彼充瞋。穷途无控诉,凭城号吾先。"在此犹太信仰面前,康氏自然联想到不是宗教但同样具有信仰、化育力量的中华文化,而且与有家无国的犹太文明不同,中华文化从未中断过:

吾哀犹太人,吾回睇中原。四万万灵胄,神明自羲轩。……圣哲妙心灵,图器文史篇。后生坐受之,枕胙忘其源。如胎育佳儿,如酿蕴良醇。我形胡自来,我动胡自迁。我识与我神,明觉胡为元。喜怒胡自起,哀乐胡所偏。我咏歌舞蹈,我饮食文言。一一英哲人,化我同周旋。忘之我坐忘,悟之大觉圆。一往情与深,思古吾翩跹。

康氏自豪于中华文化潜移默化地形塑了自己的形体与灵魂,感觉与认识,甚至举手与投足,饮食与起居,所以,虽然变法失败,流亡海外十载,胞弟遭杀,祖坟被掘,九死一生,百般受辱,但"天外不能出,大地不能捐。国籍不能去,六凿不能穿。犹是中国人,临睇旧乡园"①。中国人也可以像犹太人一样,思乡报国之心,历久历难而弥坚!

康氏游地中海和希腊,又作诗多首,其中《游希腊毕,自雅典至歌林,过斯巴达,出可孚北出海,感赋》云:"希腊号文明,其先起海

---

① 康有为《耶路撒冷观犹太人哭所罗门城壁,男妇百数,日午凭城,泪下如縻,诚万国所无也。惟有教有识,故感人深远。吾念故国,为怆然赋,凡百一韵》,同上书,第276—278页。

055

寇。海王宓那思，盗据海波溜。虏人为之奴，劫物归为囷。渐富徙居陆，营商雄邻右。有攻者尤强，走海无畏漏。后来得雅典，文治渐发展。埃及巴比伦，旁搜得文献。拓海军舰多，开山金矿显。制作日有新，富乐更无伦。雕墙而峻宇，好女而敬神。妙画与艳曲，娓娓佳诗文。"①这是与佛教文明、伊斯兰文明、犹太文明当然也与儒教文明不同的另一种文明类型——海洋文明。利用地中海四通八达的交通便利，希腊特别是雅典靠经商富国，在建筑、艺术等方面也取得辉煌成就。

而在康氏看来，今日横行世界，让佛教、伊斯兰教及儒教国家和地区备感危机，甚至亡国亡教的葡萄牙、西班牙、荷兰、英国等都是希腊海洋文明的后裔，"（希腊）始盗中为商，末成舰队军。终以富乐名，从来海岛民。腓尼基先驱，匪尼士继闻。诺曼亦海盗，大尼入英伦。哥伦布寻海，班葡遍寰巡。荷兰以商创，海利亦大伸。强英起三岛，绝陆鲜兵氛。宪法是用诞，海霸权独吞"②。

潘飞声就曾惊叹于英国势力之无处不在：苏伊士运河"全为英国购得，征收船税，日有起色，而红海、地中海之管钥，实为英人司之。余计由亚洲以趋大西洋，沿海埔头俱为英所占据。自香港而外，曰新嘉坡，曰槟榔屿，曰锡兰，曰亚丁，曰马尔他，曰直布罗陀，皆建炮台，屯重兵，储煤蓄粮，为东来之逆旅。其富强甲于欧洲各国，有由来也"。③潘乃光《波赛行》写英人治下埃及波赛港（塞得）商业的富丽繁荣：

---

① 康有为著，上海市文物保管委员会文献研究部编：《万木草堂诗集》，第259页。
② 同上书，第259页。
③ 潘飞声著，穆易校点：《天外归槎录》，岳麓书社，2016年，第138—139页。

## 第二章　晚清海外诗的"身份意识"

　　论议不出六合外，眼界虽新终不大。水程数万走波斯，光怪陆离好都会。气涵山海薄苍穹，沐日浴月无始终。……宝藏恍入五都市，旺气先包百谷王。夜色微茫天正晚，望去灯光不知远。蚌胎云母争玲珑，马迹蛛丝势蜿蜒。登岸信步任所之，不嫌仓猝惟称奇。管中窥豹一斑耳，五光十色迷玻璃。是何豪华一至此，富商敌国叹观止。[1]

十九世纪末的苏伊士运河

及至伦敦，又作《游博物院》诗云：

　　天骨开张象堂皇，取精用宏夸富强。博物亦数英吉利，任人品

---

[1] 潘乃光撰，李寅生、杨经华校注：《榕阴草堂诗草校注》，第492页。

题无雌黄。初见古人古棺古，葬具惊心刿目列两旁。随见五金珠宝杂服饰，刮光磨垢分成行。季札闻乐欢观止，似道半间欲珍藏。岂期层楼扶梯上，六通四辟穿回廊。其中油画更称绝，说甚顾绿与倪黄。人物重写生，故事成滥觞。沙场绘鏖战，裸体如寻常。转入偏院出意表，知名笔墨生荣光。几何士女来规仿，含毫研朱情信芳。点染山水描花卉，别开境界何清凉。只惜寓目在俄顷，加以赏鉴难精详。①

潘乃光二诗将潘飞声心中的惊叹一一在实地呈现，后一诗写的是博物院，但从诗中"初见""随见""似道""岂期""其中""转入"等字眼，足可见层层推进，层层转折，一波未平，一波又起，诗人在伦敦触处皆奇，正像前一诗一开头所说，"论议不出六合外，眼界虽新终不大"，走出国门，直有探首天外之感；而在波赛"登岸信步任所之，不嫌仓猝惟称奇"，在伦敦"只惜寓目在俄顷，加以赏鉴难精详"，也在不经意之间画出一幅惟妙惟肖的"局中门外汉"自画像。

当年，斌椿作《过伯尔灵、比利时各国都，晤美理驾使臣，言其国地形与中土相对；此正午，彼正子也，与〈联邦志略〉诸书相符》诗云："美国与中华，上下同大地，地形如循环，转旋等腹背；我立首戴天，彼云我欲坠；我见日初升，而彼方向晦；高下踵相接，我兴彼正寐，大块如辘轳，一息无停滞。"②在异国与美国使臣的偶遇，让出使十五国自诩已见多识广的斌椿依然兴奋不已。

多年后，康有为作《巡览美国毕，还登落机山顶，放歌七十韵》：

---

① 潘乃光撰，李寅生、杨经华校注：《榕阴草堂诗草校注》，第503—504页。
② 斌椿：《海国胜游草》，岳麓书社，1985年，第181页。

第二章　晚清海外诗的"身份意识"

"祖龙华盛顿开美，十三州凭西洋隅。新疆百年前未辟，乃为班法之耘锄。南北战馀四十载，迤西万里未通车。苍莽落机山，只有荒林穴狐猪。……而今人居四十万户，画楼廿层耸云霞。罗生新辟十八载，公圃华屋可惊嗟。……沿海数州皆腴壤，绿缛秀野铺桑麻。麦粉商估遍大地，以农富国机交加。"最令康氏惊奇感慨的是，美国从东海岸出发，一路拓土之速、之广、之富、之强！回顾历史，不外两种拓土方式，一是在已开发地区内部，如中国晋楚争霸、三国演义，欧陆德法之战、意奥相伐；二是向未开发地区殖民，如俄国侵吞西伯利亚，英国攫取加拿大。前一方式于今逾难，后一方式美国是最新典范。

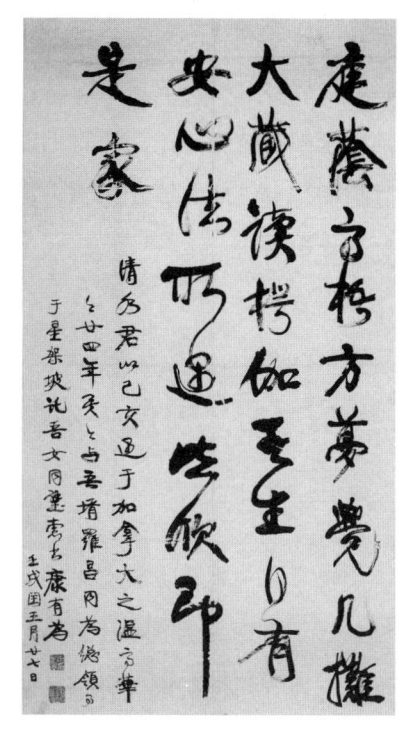

康有为书法

最后，康氏诗云："南美有大荒，誓将辟地开坤乾。我国人民数万万，贫苦奔走同弃捐。我将殖民南美地，楼船航渡岁亿千。树我种族开我学，存我文明拓我田。移民迅速殖千万，立新中国光亘天。既救旧国开新国，我族既安强且坚。"①今天读来，不啻臆想狂想，但正如康氏在《游希腊毕，自雅典至歌林，过斯巴达，出可孚北出海，感赋》结尾所云："是皆由地形，孕育隐弥纶。若以得失较，终让大陆人。请观

---

①康有为著，上海市文物保管委员会文献研究部编：《万木草堂诗集》，第217—219页。

059

全希腊，终归于大秦。大陆我最大，愿起神州魂。"①说濒临海洋的希腊辉煌一时然终不敌大陆国家，不过是为暂时受制于海洋势力的最大大陆国家中国鼓气，拓荒南美，也不过是他为美国式进取精神所激励，不甘祖国一直沉沦的美好愿望。其身在希腊，其心在中国；其事在美国，其意在中国。

## 第三节　聚焦于不同论题的身份意识

晚清诗人离开所熟悉的环境背景，在异国他乡往往看见自己所能看见的。如在医学方面，张祖翼在伦敦看到人体标本："髑髅满几骨成堆，支体分门浸碧醅。死后凌迟无贵贱，天诛谁不信恢恢。"②他不是从医学，而是从人终有一死、须保存全尸等中国传统观念来理解。黄遵宪在日本考察公立医院："维摩丈室洁无尘，药鼎茶瓯布置匀。导脉竹筳窥脏镜，终输扁鹊见垣人。"诗末自注："花木竹石，陈列雅洁，萃医于中，以调治之，甚善法也。不治之疾，往往送大医院，剖验其受病之源，亦西法。"③黄氏明显比张祖翼进步很多，理解并称道西医"甚善"，虽然在诗里还带着感情坚持认为望闻问切之术要高于对人体的透视解剖。

再如在文体方面。王以宣在巴黎欣赏油画："院开油画迥如真，

---

① 康有为著，上海市文物保管委员会文献研究部编：《万木草堂诗集》，第259页。
② 张祖翼著，穆易校点：《伦敦竹枝词》，第21页。
③ 《日本杂事诗》第五十首，黄遵宪著，陈铮编：《黄遵宪全集》上，第21页。

近看迷离远入神。不信丹青传妙手,景中人即面前人。"①观看戏剧:"梨园处处逗新歌,约略香风送女萝。恨煞方音浑不辨,人人拍手料诨科。"②在剧院不懂法语,他就从在国内赏剧的经验出发,说剧中人操着方言难懂,观众鼓掌是因为插进来"诨科"(笑话);"油画"他则承认"欧洲独步,……近即之未见其妙,远而望之则空灵一片,真如实有其境,几忘其为画景。……所谓览云汉图而觉热,观北风图而觉寒,犹未能臻此神妙"③。他对画艺的逼真尤其推崇,以中国画的"云汉图"和"北风图"来作比。

汪荣宝《网球》前半段对网球动作技能观察细致入微:"拱立如有疑,决起忽难象。暂绝笑语喧,微闻击触响。明月初入怀,大珠犹在掌。激若奔星流,瞥作飞电晃。一落且及跟,再跃仍过颡。贾余数援

1877年首届温布尔登网球锦标赛

---

① 王以宣著,穆易校点:《法京纪事诗》,岳麓书社,2016年,第67页。
② 同上书,第69页。
③ 同上书,第67页。

桴，示暇一掉鞅。斗鸡相随旋，惊鸿自还往。十决宁知疲，百中竟无爽。"后半段援引一连串典故："弹雀亦何有，掇蝉差可仿。多谢逢门子，庶几痀偻丈。楚汉偶决胜，晋齐迭争长。质旁佐以史，居高立之两。纪录必有程，铨评信无枉。……艺成贵熟精，道胜资修养。习健验在今，观德闻畴曩。投壶礼意微，蹴鞠兵谋昉。凭轼傥有会，临风一长想。"[1]

网球是国人相当陌生的运动，汪荣宝像张祖翼、黄遵宪、王以宣等人一样，不可避免要以自己原本熟悉的背景资源，来缓解眼前所见种种陌异情状所引起的不适和紧张，屏息追逐着小小网球闪电般的流转，其实也在进行着一场小型的古今中西对话：拿棋盘来比球场，拿史官来比裁判，拿斗鸡、蹴鞠、投壶来比网球，拿楚汉、晋齐相争来比球网两侧的球员对抗，拿逢门子、痀偻丈等与熟能生巧有关的人物来比运动员，而到了最后，还要拿技进乎道、技道结合的中国传统观念来要求和衡量网球，但他不直接对网球下判断，而是说像投壶这种可以修礼观德的运动今天衰落了，像蹴鞠那种单讲技巧和谋略的运动却流行起来。

晚清诗人不仅在医学、文体方面，在他们所遭遇的几乎每一个方面都在进行着潜在的自我与他者的对话。自行车、火车、隧道、地铁、公交车、立交桥等交通运输相关事物及电报、电话、报纸、留声机等信息传输相关事物，对他们有着显而易见的吸引力，限于篇幅，兹不具论，这里只再简略论及另外两个令他们倍感惊异的对象：女性与政治。

张祖翼写其舞会所见："银烛高烧万盏明，重楼结彩百花新。怪他娇小如花女，袒臂呈胸作上宾。"街衢所见："细腰突乳耸高臀，黑漆

---

[1] 汪荣宝：《思玄堂诗》，沈云龙主编《近代中国史料丛刊》第六十辑，第113—114页。

第二章　晚清海外诗的"身份意识"

皮靴八寸新。双马大车轻绢伞，招摇驰过软红尘。"前一诗自注云："其俗朝会筵宴大典，皆有妇人，谓阴阳一体，不容偏废也。妇女来者，皆脱帽解上衣，袒两臂，胸乳毕露。"[①]对于秉持男女大防、男尊女卑、妇女不宜抛头露面等观念的晚清诗人（其中绝大多数又是男性诗人）来说，触目所遇的男女平等、男女正常交往、妇女走出家庭等观念与现象，带来巨大的心灵震撼。从女报务员、女店主、街头

十九世纪末巴黎街头的卖花女郎

女促销员、女护士、女画工、女驯马师、马戏女演员直到定期体检的职业妓女，女性的高度社会化更是让诗人眼花缭乱，甚至不能即时做出恰当的理解。如潘乃光收到女士赠送的画册，赋诗致谢云："已嫁王昌卿有主，多情宋玉我无邻。"收到照片云："一幅真真谁唤出，化身留赠杜司勋。"[②]本是西方寻常礼仪，但潘氏以宋玉、王昌、杜牧等所遭遇的古代非正常男女关系作比，使事不当，误会明显。

而对于西方政治观念与现象，晚清诗人同样在中西对比映照的框架之下忖己度人。张祖翼写英国女王出游："健儿负弩为前驱，八马朱轮

---

① 张祖翼著，穆易校点：《伦敦竹枝词》，第6页、第9页、第7页。
② 潘乃光《画报馆主马丹马克斯女史承约茶话并赠画册数事情深意雅赋此志谢》《挨田女侄欧戈嘎女史出赠小照赋谢》，潘乃光撰，李寅生、杨经华校注：《榕阴草堂诗草校注》，第499页。

063

被绣襦。夷狄不知尊体统，万民夹道尽欢呼。"写苏格兰人穿露膝短裤入见女王："短衣脱帽谒朝中，无复山呼但鞠躬。露膝更无臣子礼，何妨裸体人王宫。"写女王照片随处悬挂、贩卖："五色庄严只半躬，悬竿高挂遍西东。更将照片沿街卖，杂在倡优隶卒中。"①此外，潘乃光写德国立法限制国王每年的消费："未必君无自主权，衣租食税本天然。一千五百虽论万，限制吾王不要钱。"写德国议会："庶民不议本同风，议院初开道亦公。只惜国中分数党，教民偏欲厌商工。"②写俄君乘御贴地冰车："天连大漠雪飞花，突遇俄君御小车。不是微行是同乐，民间疾苦达官家。"③这些是与中国长期的封建政治传统格格不入的，因此也是诗人所不易理解或者多有误解的。

不过，也正因为中西差异太大，无典故成例可引，这一题材的诗作倒往往直陈其事，即目所见，比其他题材的诗作更具特点与活力。这在张謇、陈宝琛等人的诗作中更明显。如张謇《松永道中》云：

山水孕自造物雄，蜻洲见者疑人工。岩琱谷漱出风雨，海色八面磨青铜。有时映带列远近，有时独秀洪涛中。有时危缀树一粒，有时密密枞杉笼。……一一摹写有陈本，界画钩勒殊不同。……神州大陆廿二省，各有山水名其封。经营位置尽如此，图册宁许更仆穷。故知侏儒表一节，景物端与政事通。山经地志祖禹贡，当年疏奠谁之功？推书扑笔仰天叹，冥想著我陶轮中。④

---

① 张祖翼著，穆易校点：《伦敦竹枝词》，第4页、第5页。
② 潘乃光《柏林》，潘乃光撰，李寅生、杨经华校注：《榕阴草堂诗草校注》，第482页。
③ 潘乃光《俄都比德堡》，同上书，第483页。
④ 张謇著，徐乃为校点：《张謇诗集》，第178页。

## 第二章 晚清海外诗的"身份意识"

张謇在日本透过界画规整的山水景物看到井井有条的经营管理，反顾中国，不仅自愧不如，更自愧传统优秀管理遗产的丧失。陈宝琛《迟明发万隆车中作》云：

> 晓行犯岚瘴，病足诚非宜。赖有浩然气，流布弥四肢。茫茫九州域，民物畴纲维？筋脉坐弛散，鳌肿疾不治。南来历诸岛，闻见初无奇。一牧跨海立，万群随鞭箠。岂惟恃威劫，欲恶审所施。不见所置吏，方言习侏离。劝农与行水，一一躬亲之。密网习亦忘，市贩麕至斯。遂挈山海榷，永为外府资。有人此有土，敢以告国医。①

陈宝琛在南洋目睹并且钦羡荷兰殖民者将散落各处的岛屿统治起来的管理能力与不俗效果，联想到自己麻痹的病躯和祖国，为什么就不能血脉流布四肢、政令全国畅通呢？张、陈二人显然超越了一般浮光掠影的观察——相比张祖翼、潘乃光，也因此在情感上更沉痛，在理智上更细密。

随着走向世界之后眼界的不断放宽，晚清诗人也把触角进一步伸展到深层的社会文化脉络，隐微的民风国故与世道人心。汪荣宝留居欧洲数年，观察到中西建筑的差异："远寻希腊近罗马，千年杰构无动摇。神州楼观妙仪态，矫若鶱翼乘风飘。所恨土木有哆剥，况经兵火纷摧烧。三辅丹碧不留景，六朝琳绀随烟销。江山词赋盛涂泽，玉卮无当空镂雕。"这一观察在登览埃菲尔铁塔时得到证明："埃腓造塔何亭苕，井干直上干云霄。熔铸精铁作天柱，百里能见青霞标。"但最后借"吴

---

① 陈宝琛著，刘永翔、许全胜校点：《沧趣楼诗文集》，第92页。

兴丈人"之口，诗人才恍然感悟到："东西结宇各有法，欲知缘起椎轮遥。西法积石本营窟，我法架木原曾巢。禽栖兽蛰倘殊致，性天所适无讥嘲。"①

在中西建筑等差异的背后，实际上有着各自漫长的社会环境与历史的原因。晚清诗人看到中外特别是中西之间存在差异，并且由于晚近以来国势衰颓，不可避免地要将差异视作高下差异，以低身位仰视西方的富强，但后来也有越来越多的诗人认识到，差异也并不一定意味着高下之别，就像石头的建筑并不能因为其更耐久就比木构的建筑更高级一样。而持此心态与眼光，诗人之"我"（国族、个人）也不必然就应该是被他者俯视的对象。

康有为在海外听到英国要求以英镑支付庚子赔款的消息，愤而作诗，其中有句云："无端改作输金镑，何异渝盟动甲兵。怪甚商于欺大楚，笑同赵璧许连城。贡之不艺犹藩隶，师出无名是夺争。不耻国交用贪诈，误他强盗号文明。"②直斥英国不过是号称文明的强盗。③在西班牙，康有为目睹伊斯兰教信徒的非人遭遇："一二几桌曲以剀，床灶同处眠食便。乱舞儌儌红黄缠，赤足绕车乞争先。或盗客物慎防蔽，无一识字类野蛮。形如鹿豕可悯怜，久居名都化不迁。叮嗟欧人之文明兮，乃都会有陶穴之野番，叹回政之不修兮，故宫惨惨而云寒。呜呼！

---

①汪荣宝《登埃腓塔》，汪荣宝：《思玄堂诗》，沈云龙主编《近代中国史料丛刊》第六十辑，第77—79页。
②康有为《镑愤》，康有为著，上海市文物保管委员会文献研究部编：《万木草堂诗集》，第206页。
③马君武1907年所作《别英伦》更一针见血指出英国的殖民掠夺本质："百族贡鲜血，庄严饰帝都。"马君武撰，熊柱、李高南校注：《马君武诗稿校注》，第90页。

## 第二章 晚清海外诗的"身份意识"

班人之不治兮,得失可以鉴观。"①如果斥责英国还不免出于康氏身为中国人的愤慨,那么他对伊斯兰教信徒的同情以及对西班牙当局的谴责,则完全出于一个真正的文明之人、文明之国所应有的公义!②

仿佛与远在欧洲的康有为先后桴鼓相应,王韬、郑孝胥、王国维、章太炎等也见证了日本民风人心的日益浇薄。王国维《送日本狩野博士游欧洲》云:"此邦瞳瞳如晓日,国体宇内称第一。微闻近时尚功利,复云小吏乏风节。疲民往往困鲁税,学子稍稍出燕说。"③虽尽量委婉但又直白得不能再直白。王韬《赠日本长冈侯护美时方奉使荷兰》云:"泰西学术固无匹,舍短取长在今日。……临歧我欲赠君言,中东异地原同源。点画文字师羲颉,推崇道德尊岐轩。维新以来始变法,献颂中兴夸盛业。仿效不徒袭皮毛,富强岂知恃戈甲。惟君识力迈等伦,深知驭远在睦邻。亚洲与国我为大,如指资臂齿联唇。"④

王韬

---

① 康有为《游迦怜拿大故回官迦蓝罢罅出,览官外气他那人居》,康有为著,上海市文物保管委员会文献研究部编:《万木草堂诗集》,第230页。
② 康有为还作有《由班入葡,崇山巨岭,重重悬隔,长松遍山,涧溪激泻,风景至佳。以其天险,用能别启国土,惟葡京理斯本虽凭海湾,而崎岖山谷,如山城小郡,大道聚赌,不足道也》,对葡萄牙聚赌成风深表不满,"余波荡我粤",将赌博之风远输澳门,更是令人不齿。同上书,第234页。
③ 王国维撰,陈永正笺注:《王国维诗词笺注》,第143—144页。
④ 王韬著,陈玉兰校点:《王韬诗集》,第193页。

郑孝胥《冬日杂诗》之三云："运会今何世，更霸起西方。谁能安士农？唯闻逐工商。贾胡合千百，其国旋富强。此风既东来，凌厉世莫当。日本类儿戏，变化如风狂。天机已可见，人心奈披猖。诚恐时无人，礼义坐销亡。豪杰皆安在，俗佞空张皇。"①都在西方各国、日本、中国及过去、现在、未来的广阔时空框架里论议，王韬期望日本对西方舍短取长、对中国睦邻友好，郑孝胥所观所感为日本而发，更为隔海相望的中国而发：图强固是目标，但人心礼义不可"销亡"；在"工商""富强""戈甲"的运会与现实压力下，这些论议难免显得孱弱无力，甚至要被更多的激进逐新者斥为迂腐，但或许在这里，还能看到在民族、国家极度纷争的年代所残留的中国古代"天下"观念的遗绪。这是不合时宜的观念，但它什么时候又合过时宜呢？

第一次世界大战也为晚清诗人思考中西、思考他者与自我提供了又一契机。严复、梁启超、杨圻等均有诗，但汪荣宝其时就在欧洲，其《故国》有句云："一夕商歌催鬓改，万方羽檄阻书来。龙拏蚁斗知何限，同付残僧话劫灰。"《三月四日自不鲁舍拉往海牙道中》云："严城经岁废征鞍，春至脂车兴未阑。劫后村墟惊创巨，战时关隘感行难。林疏时见风轮迥，海近先逢水港宽。苦忆江南归未得，渚田聊当故乡看。"②在引领现代之先眼下却满目疮痍的西欧感怀故国，但故国也并未传来好消息，其《西行道中》云："行尽千山更惆怅，中原闻已遍传烽。"③诗人满怀悲愤，包括中国在内的世界无不在汲汲追求现代，但为何愈追求现代，战争反而愈残酷、人民反而愈遭殃："祸亟民方贱，

---

① 郑孝胥著，黄珅、杨晓波校点：《海藏楼诗集》，第24页。
② 汪荣宝：《思玄堂诗》，沈云龙主编《近代中国史料丛刊》第六十辑，第80页、第72页。
③ 同上书，第76页。

机深器益铦。兵尘穷覆载，厄运遍飞潜。蕉萃天应泣，腥膻野未餍。百年矜学术，所得在沾渐。"①

## 第四节　同一诗人不同的身份意识

康有为旅居新加坡时曾作一诗，诗题颇耐寻味：《八股废矣，寓槟屿督署，有印度卫兵廿人守护，朝夕传呼，惊入晓梦，犹似童子试八股场闻鼓角时也。结习未尽，患难犹如此，人之所遇所学，积久成因，亦可推矣》②，讲意识执着，积习难移。康氏复有《锡兰乘孖摩拉巨舰往欧洲，新睹巨制，目为耸然》诗云："楼观四五层，俯临沧波澹。惊飞上云表，鹏翼九天鉴。其长六十丈，洞廓窅深堑。千室以容客，弘廊尤泛滥。重过一万吨，结构森惨澹。巨浪拍如山，邈若虮蛸撼。"诗末自注："越六年己酉六月，自伦敦再乘此船还，则见此船卑小，画设皆恶，船则犹是，吾见大非，盖六年久留欧美，心目化之，非复故吾矣。"③又讲意识易改，人非故我。两诗并不矛盾，合观可见诗人意识、人格、身份的稳定性与可变性，一方面吾犹昔人，另一方面非昔人也。

康有为海外诗也反映了康氏的前后变化。戊戌后刚流亡日本、印度及东南亚之际，康氏痛心疾首，情绪决绝，诗里说日本温泉的热水也无

---

①汪荣宝《欧洲战事杂感八首》之七，沈云龙主编《近代中国史料丛刊》第六十辑，第87—88页。

②康有为著，上海市文物保管委员会文献研究部编：《万木草堂诗集》，第130页。

③同上书，第175页。

法让冰冷的心回暖，印度某地的悬崖峭壁堪比戊戌时危急的政治局势。特别是对有知遇之恩的光绪帝，康氏一度几乎每诗必提及，向北方叩首，为光绪祝寿，甚至想象光绪在幽禁中的种种状况。

当然随着时间的推移，康氏最终从这段惨痛的经历与记忆中走出来，以更平静理性的眼光与心情审视和思考各国政俗。在意大利、德国，康氏分别瞻仰了意相加富尔、德相俾斯麦塑像，这两位欧洲名相在当时都能捍卫君权，维护统一，使国家由弱转强，这样的君臣际遇与事功很容易让康氏触景生情，但即便如此，康氏也较为冷静地控制了情绪，《登欧洲陆奈波里，游公园，即睹意相嘉富洱像，喜赋》云："我生遍数欧洲才，意相嘉侯实第一。……少日躬耕类南阳，壮能择主同诸葛。君臣鱼水亦复同，明良千古难遇合。当时革命民主论，纷纭独以尊王违俗说。遂以分裂十一邦，竟能合国成独立。"① 《游柏林议院，前有俾士麦像，瞻望感赋》云："岂唯贤相才，实资英主听。君臣既一德，功名乃相应。当时与法邻，革命鼓大兴。惟公审时势，君权救国命。众哗等小儿，万变仍坚定。用以明良遇，得成强霸胜。"②

以意、德反观中国，以二相反观自身，不能说没有遗憾，但

俾斯麦

---

① 康有为著，上海市文物保管委员会文献研究部编：《万木草堂诗集》，第177页。
② 同上书，第184页。

## 第二章　晚清海外诗的"身份意识"

康氏并未借他人之酒杯浇一己之块垒。他所关心的已不再是自己曾是其中要角之一的一时一地的具体历史事件，而是在国富民强这一席卷世界的潮流之下如何保持文明和文化的创造性与延续性。他观察到，斯巴达曾是与雅典并峙的强国，但雅典文武兼修，斯巴达徒具武功，所以雅典文明更持久，并一直影响至今。他游历美国，处处惊奇，但他也以为"小岛与新地，文明难产托"①，美国作为新辟之地，要产生令人信服的文明尚待时日。另一方面，中国历史久远，但从海外回顾，形势却同样不容乐观："方今易新世，学风尽扫坡。举国饮狂泉，功利醉于饴。谁肯搜文献，拂拭有道碑。"②

康有为是在海外留诗最多的诗人，其诗作清楚地反映出他从个人及国家政治的绝望与悲伤转变到文化的自信与忧虑。梁启超与康有为同时流亡海外，作诗亦夥，心态和思虑也同样经历了前后不同的变化，从高涨的政治热情与民族、国家自信转到对国民性与文化的深深忧虑及个人忧叹，与康有为形成对比，比康氏更多变、更矛盾。梁氏《去国行》云："却读东史说东故，卅年前事将毋同！城狐社鼠积威福，王室蠢蠢如赘痈。浮云蔽日不可扫，坐令蝼蚁食应龙。可怜志士死社稷，前仆后起形影从。……尔来明治新政耀大地，驾欧凌美气葱茏。旁人闻歌岂闻哭，此乃百千志士头颅血泪回苍穹！"

日本在晚清国人的心中是一个复杂的存在与参照，千年以来以中国为师，同样被迫打开国门，但维新之后不过数年而成列强之一，凌中国

---

① 康有为《黄石园中有大湖百里，即名黄石湖。泛舟视湖中，野牛鹿宿滨湖，客舍观驯熊食不攫人，亦异事也》，康有为著，上海市文物保管委员会文献研究部编：《万木草堂诗集》，第214页。

② 康有为《门人陈俨及陈登莱在美洲发愿修白沙先生嘉会楼、楚云台，求题二额并诗，追思与简竹居旧游，写寄》，同上书，第209页。

而上之；梁启超在诗里却把对日本的复杂情感大为简化，此番出走日本，不过是像当年的日本维新志士一样遇到了暂时挫折："吁嗟乎！男儿三十无奇功，誓把区区七尺还天公！不幸则为僧月照，幸则为南州翁。不然高山、蒲生、象山、松阴之间占一席，守此松筠涉严冬。"①或为维新之败而死，或为维新之成而生，无论生死成败，都是为国前驱，都有日本先贤的榜样。所以梁氏与其师康有为不同，虽是流亡，但至少在流亡之初，他不遗恨，不沮丧，不怨尤，也不失高亢的悲壮！

当然，一旦流亡成为生活常态，长期寄寓异邦，连番为国奔走，诗人梁启超的情感与观念也将势不可免地出现一些微妙的变化。其《和吴济川赠行，即用其韵》（之三）云："合群救国仗群贤，四亿同胞共一肩。为有十万横磨剑，终教人力可回天。"②诗人对国家、民族的前途满怀热情，把希望寄托在全体国人的共同努力，但在不旋踵之间，他也

梁启超

---

① 梁启超撰，汪松涛编注：《梁启超诗词全注》，第14—15页。
② 同上书，第82页。

第二章　晚清海外诗的"身份意识"

会写出《举国皆我敌》这样的诗篇："君不见，苏格拉痪死兮……牺牲一身觉天下。以此发心度众生，得大无畏兮自在游行。眇躯独立世界上，挑战四万万群盲。一役罢战复他役，文明无尽兮竞争无时停。"①把原本与四万万同胞并肩一起的身位一下子倒转为"挑战"，仿佛当年苏格拉底与所有雅典人的对立。而"一役罢战复他役"，则既预示着救亡图强的漫漫长路，也预示着在一役又一役的接力、循环之中，诗人也必将在不同的心情与感受之间不断犹疑、摇摆、逡巡，甚至相互冲突、矛盾。

如梁氏《自题〈新中国未来记〉》诗共二首，作于日本，第一首云："无端忽作太平梦，放眼昆仑绝顶来。河岳层层团锦绣，华严界界有楼台。六洲牛耳无双誉，百轴麟图不世才。掀髯正视群龙笑，谁信晨鸡薯唤回。"原来是梦境，第二首即返回尖锐对比、令人失望的现实："却横西海望中原，黄雾沉沉白日昏。方壑豕蛇谁是主？千山魑魅阒无人。青年心死秋梧悴，老国魂归蜀道难。道是天亡天不管，竭来予亦欲无言。"②对立的二首诗背后，是分裂的自我与分裂的国族。

《将去澳洲留别陈寿》作于澳洲，第二首云："鹦鹉洲头碧血滋，黄金台下草离离。忧时合有维摩病，许国宁求燕雀知。何日云雷起潜蛰，几回风雨误佳期。匹夫例有兴亡责，归去来兮尚未迟。"③一方面是"许国宁求燕雀知"，将自己阵营与不能理解自己的那一部分人（"燕雀"）对立起来，另一方面是"匹夫例有兴亡责"，却又认为每一个人（"匹夫"）都有关心国族兴衰的责任，同一首诗前后龃龉如此。类似的相互违逆在梁氏诗作中可谓屡见不鲜。

---

① 梁启超撰，汪松涛编注：《梁启超诗词全注》，第92页。
② 同上书，第102页。
③ 同上书，第84页。

好友狄葆贤从国内来见,梁启超赋诗相赠云:"如此江山天不管,最难风雨子来前。且乘健会酬诗债,颇惜多情误佛缘。"①狄氏素有出世向佛之心,梁氏劝诫其多为风雨飘摇中的故国出力,勿为佛缘所误,在此,"佛缘"代表着息心降志,无所作为。但在《澳亚归舟赠小畔四郎》一诗中,梁氏却又从"佛缘"之中读解出积极投身社会变革之意:

海行三十里,端居了无事。赖有素心人,晨夕相晤语。借经叩法门,观海契圆理。本觉何湛然,大地一止水,缘以境界风,遂有波涛起。风亦不暂息,波亦何时已?劳劳器世间,众生盖云苦。吾侪乘愿来,学道贵达旨。自度与度他,斯事一非二。投身救五浊,且勿惮生死。回心阿佛陀,明镜净无滓,与君证此偈,知君定欢喜。②

大海之中波从风起,风不暂息,风波鼓荡,波亦不已;原本静若止水的佛理,一变而为动荡难安的变革之理。然变革之波未平,诗人之心却又已多次失去热情,其《秋夜》诗云:"秋色不可极,秋心无定端。酒颜争叶瘦,诗骨挟风酸。笛脆催愁急,灯寒煮梦难。那堪淡黄月,弄照到更阑。"③《元日放晴,二日雨,三日阴霾》复云:"拥炉永夕成微醉,袖手看云得短吟。落尽檐花无一语,百年谁识此时心?"④再如1903年游历美洲,在波士顿战役爆发之地,梁启超作《奔勾山战场怀

---

① 梁启超《楚卿至自上海,小集旋别,赋赠》(之一),梁启超撰,汪松涛编注:《梁启超诗词全注》,第97页。
② 同上书,第88页。
③ 同上书,第96页。
④ 同上书,第178页。

第二章 晚清海外诗的"身份意识"

古》云：

> 谓是某英雄，只手回横流。岂识潜势力，乃在丘民丘。千里河出伏，奔海不能休。三年隼不鸣，一击天地秋。获实虽今日，播种良远繇。固知无实力，不足语大猷。即今百年后，兵销日月浮。铺锦作山河，琢玉为层楼。周文与殷质，国粹两不仇。入市观市民，道力尚无俦。清明严肃气，凛凛凌五洲。益信树人学，收效远且道。仰首啸鸿蒙，回首睨神州。①

梁启超在日本期间

眼前是美国的过去与现实，心中暗暗对比的是故国，认识到美国革命并非某一英雄的只手回天，亦非一蹴而就的旦夕之功，而是得益于长期教育谨严、训练有素的广大民众的积极推动与参与。但在《美国国庆，成诗二章》（之一）里，梁氏却似乎忘记了前一诗里所谓千里奔注才有大海、长期耕耘方得收获的道理："此是君家第几回？地平弹指见楼台。巍巍国老陪儿戏，得得军歌入酒杯。十里星旗连旭日，万家红爆隐惊雷。谁怜孤馆临渊客，凭陟升皇泪满腮。"②梦想积贫积弱的祖国

---

① 梁启超撰，汪松涛编注：《梁启超诗词全注》，第113页。
② 同上书，第117页。

075

也能像美国这般"弹指"之间实现独立与富强,而明知是梦想,又不得不倍加神伤。直到流亡多年之后终于得以返国,《须磨首途口占》云:"伏龙作鳞爪,吟啸向何处?百灵伫声容,鼓之以风雨。"①像当初出国时一样踌躇满志,但甫抵大连远眺被沙俄控制的旅顺港,却又仿佛被浇了一头冷水:"虎牢天险今谁主?马角生时我却来。醉抚危舷望灯火,商风狼籍暮潮哀。"②

梁启超在日本,还携女访问了为日所据的台湾。台湾与香港、澳门这些被迫割失的中国领土,在晚清诗人心中比琉球、朝鲜、越南更为令人尴尬和刺痛,如康有为、张謇、吴保初等途经割台条约签署地日本马关,无不赋诗表达愤激与哀伤,黄遵宪则在幻觉里将港英之旗看成了大清龙旗,丘逢甲兵败回归大陆寄诗在台的友人,痛惜他们自此以后只有反主为客的身份。梁启超访台,作《赠台湾逸民某,兼简其从子》一诗,心态与情感自然与康有为、黄遵宪、丘逢甲等人无异,但同时也集中体现了梁诗一贯的犹疑与矛盾。在"逸民某"陈述了日本在台筑铁路、毁农田、推行保甲连坐制度等苛政之后,梁氏写道:

> 我闻惨怆不能终,相对泻泪如铅水。某侯某侯且莫悲,君看天柱行崩圮。孑遗久视谁能期?万方同患君先尔!殷顽箕子已为奴,夏胤淳维复不祀。只今中原一块肉,手足剥落成人彘。豺狼在邑人命微,蛇龙走陆地机起。彼昏日醉更何如,我生靡乐今方始。箧中亦有龟手药,能活邦国出九死。予音嗃嗃哀且号,听我蕞蕞如充耳。有时孤愤结中肠,逝将一瞑不复视。阅风缫马忽反顾,眈眈吾

---

① 梁启超撰,汪松涛编注:《梁启超诗词全注》,第371页。
② 梁启超《舟抵大连望旅顺》,同上书,第373页。

## 第二章 晚清海外诗的"身份意识"

土吁信美！谁能太上竟忘情？况行正半九十里。丈夫未死未可料，万一还能振物耻。假如不就陈力列，立言亦当百世俟。安能坐令千圣心，遽及余生堕泥滓。以兹勖君还自绳，君当收涕启粲齿。①

日本殖民台湾时期的专卖局

"我"在惨怆泪泻之下依然安慰"逸民某"且莫悲伤，理由竟然是，中国还有更大的灾乱，台湾不过先罹其祸而已！"某侯某侯且莫悲"，原以为下当接喜，然出乎意料的是，却接以更悲者。朝鲜等藩属国已落他人之手，华夏本土亦屡遭宰割，不能自完，究其原因，实在是统治者昏庸无道，任凭你呼吁哀嚎，对于各种有效的救国良策一概充耳不闻，不予采纳；有时孤愤至极，真想永远转身而去，撒手不管，但面对如此大好河山谁又能任其沉沦，不闻不顾？谁又能忘情绝情，置身事

---

① 梁启超撰，汪松涛编注：《梁启超诗词全注》，第243页。

外？更何况投身救国救亡经年，而今岂有半途而废之理？更何况此生未死一息犹存，料不定很快就会迎来变革成功之日！退一步说，就算变革无望，也还可以著书立说，启牖后人，所以无论如何也不能让代代相传的华夏优秀文化传统，在吾辈之手中断和损毁！——在短短的诗篇里，梁启超展示千回百转心事，"我"与台胞"逸民某"对话，与国家国人对话，与颟顸的柄国者对话，甚至，与另一个失望绝望的自己，不断对话。如果说，在康梁二人的诗作里都能看到前后变化的不同的身份意识，那么在康有为那里，这变化还是相对平滑的直线，而在梁启超这里，则是峰回路转、蜿蜒逶迤的曲线。

## 第五节　同一诗篇不同的身份意识

与康梁一样，黄遵宪在海外居留时间长，诗作虽没有康梁多，但他或许是在海外写长诗最多诗作的篇幅也最长的诗人。长诗为诗人提供了更多纵横捭阖的空间，也为展示复杂的身份意识提供了较广阔的舞台。

对于身份意识的展示，在黄遵宪长诗中当以《流求歌》《罢美国留学生感赋》《锡兰岛卧佛》等三诗较具代表性。《流求歌》开篇云："白头老臣倚墙哭，颓髻斜簪衣惨绿，自嗟流荡作波臣，细诉兴亡溯天蹴。"显然，全诗对琉球与中国、日本之间关系变迁的叙述就是以"白头老臣"的有限视角展开的。琉球自明代以来即向中国朝贡，在明治维新之前日本虽百般觊觎，但中国还是"父"日本只是"兄"，但在维新成功以后，日本将琉球国王押解至东京，置琉球为郡县。微妙的是，随着叙述的展开，"白头老臣"也逐渐偏离了开篇之时的中立之态，情感不仅越来越强烈,而且越来越偏向中国;虽然无力施以援手,对中国不乏怨,但掳其王灭其国,对日本则纯乎恨。而最后,"旌麾莫睹汉官仪,簪缨未改秦衣服"[①],失望的诗人只能在合理的想象中寻得些许安慰。

《罢美国留学生感赋》则与《流求歌》不同,主要是全知视角:"汉家通西域,正值全盛时。南至大琉球,东至高句骊,北有同盟国,帝号俄罗斯。各遣子弟来,来拜国子师。"诗作以自信与自豪的语气先声夺人,既是"汉家"(康乾之际的中国)的自信,也是以诗歌叙述者、抒情者面目出现的诗人的自豪。自然,这种自豪与自信是为了与下文因国力虚弱向美国派遣又召回留学生的诗歌内容形成强烈对比。当时的"高门"子弟忙于科第,"千金"足不出户,要向遥远的美国派遣留学生,只能从中低家庭选人,而这些学生到了美国,除极少数有心向学之外,大多见异思迁,沉湎于各种浮华娱乐;对于这些内容的叙述,在诗歌开篇出现的"汉家"和"诗人"都悄然隐退,诗歌只就事论事,客观叙述。为了更好地管理,朝廷派来学监,但学监作风粗暴,与学生发生冲突;朝廷又派来使者调查,但使者与学监意见不合,导致误解甚至意气相争:"使者甫下车,含怒故诋諆。……监督拂衣起,喘如竹筒吹。一语不能合,遂令天地睽。郎当一百人,一一悉遣归。"对此,诗歌叙述者再不能保持平静,留学生的选材与管理固然存在漏洞,但也不能因官员的意气而不论良莠一律遣返,这样伤害的只有国家!至此,诗歌再次穿插回顾,"溯自西学行,极盛推康熙",其时的国家引进西学,任用西人(汤若望等),是何等胸襟与气魄!而最后,诗歌又不得不从国际(中美)、国家的视野收缩回来,只留下海滨孑然伫立的诗

---

① 黄遵宪著,陈铮编:《黄遵宪全集》上,第104—105页。

人:"目送海舟返,万感心伤悲。"①

留美学生棒球队(后排右二为詹天佑)

  锡兰的卧佛,不少中国诗人如潘飞声、康有为、梁启超等均为之作诗,但以黄遵宪所作《锡兰岛卧佛》最为知名。这首少见的长诗,仿佛是为了与锡兰当时所处的东西方必经的海上要冲地位,同时也是东西方文化交汇碰撞的前沿地带相呼应,诗歌的叙述者、抒情者也首先是一个介于东西方之间的盱衡者与思考者。当然,他同时也是一个诗人,一个来自中国的诗人。他汲取和融会了《罢美国留学生感赋》的全知视角,以便获得一个相对超然、冷静客观的观察身位,他也适当运用了《流求歌》的有限视角,以便深入到交汇碰撞的各方做同情的理解。

  长诗可分八节,或叙事或抒情,既有起承转合、按部就班的谨严,

①黄遵宪著,陈铮编:《黄遵宪全集》上,第103—104页。

## 第二章　晚清海外诗的"身份意识"

又有纵横腾挪、出人意表的疏脱。"大风西北来，摇天海波黑。茫茫世界尘，点点国土墨。……近溯唐南蛮，远逮汉西域，旧时《职贡图》，依稀犹可识。"长诗从锡兰开始，但首先通过中国南海和汉唐西域将锡兰与中国关联在一起，特别是明初郑和下西洋以后，使节往来更是络绎不绝。但从明中叶以来，西方列强插足本区域，在短短数百年里，一方面是"岂知蕞尔国，既经三四摘"，锡兰小国已像藤蔓上的瓜一样被不同的列强几度易手、强摘，一方面是中国失去在本区域的影响力，"咸归西道主，尽拔汉赤帜"。黄遵宪在整首长诗里都试图让自己尽量处于一个相对超脱的观察者地位，但是在这里，他还是情不自禁就眼前的海洋抒怀："日夕兴亡泪，多于海水滴。"似主要为锡兰而发，但也包括南亚、东南亚及中国在内的与西方相对的广大区域。

第二节长诗直面卧佛，曲尽其态："中有卧佛像，丈六金身坚。右叠重累足，左握光明拳。""水田脱净衣，髻云堆华鬘。大青发屈蠡，围金耳垂环。"这也是全诗唯一直接写卧佛之处。"独怪如来身，不坐千叶莲。既付金缕衣，何不一启颜。岂真津梁疲，老矣倦欲眠。"着金缕衣的卧佛凝神不笑，不坐长卧的佛身仿佛欲眠，难道是因阅尽世相、普度众生而老矣倦矣了吗？这一节文字既把卧佛本身的仪态刻画得纤毫毕见，又隐喻卧佛不笑、欲眠的背后其实别有原因，幽默诙谐，令人莞尔，但联系全诗乃可知，这不过是带泪的微笑。刻画卧佛显然不是长诗的重点，但只有如此刻画淋漓，才让全诗在其他方面的发挥都围绕着卧佛展开，语不落空。

但长诗的第三节又并没有顺承第二节，而是荡开一笔，"吁嗟佛灭度，世界尽眼灭"，写佛教从印度、锡兰向周边地区特别是在中国的传播、扩散："达摩浮海来，一花开五叶。语言与文字，一喝付抹杀。十年勤面壁，一灯传立雪。直指本来心，大声用棒喝。非特道家流，附会入庄列。竟使宋诸儒，沿袭事剽窃。"佛教在中国在与儒道学说的竞争、对话中相互借鉴、融合，成为中国文化的一部分；除此之外，更远渡日本及漠北、极南之地，"论彼象教力，群胡犹震慑"，佛教的地位之高及影响之广达到了空前程度。

锡兰岛卧佛

"岂知西域贾，手不持寸铁，举佛降生地，一旦尽劫夺。"长诗第四节突然转折，既是第三节的逆承，也是第二节乃至第一节的远接。西方建立在工商文明基础上的近代强力与霸权，席卷包括佛教所影响的广大地区。"手不持寸铁"，语非写实，"一旦尽劫夺"，却所言不虚。长诗出入佛典，拈出曾经显示佛教巨大力量的种种故实与传说，连续发问：

## 第二章　晚清海外诗的"身份意识"

　　我闻舒五指，化作狮子雄，能令众醉象，败窜头笼东。何不敕兽王，俾当敌人冲？我闻粗大力，手张祖王弓，射过七铁猪，入地千万重。何不矢一发，再张力士锋？我闻四海水，悉纳毛孔中，蛟龙与鱼鳖，众生无不容。何不口一吸，令化诸毛虫？我闻大千界，一击成虚空。譬掷陶家轮，极远到无穷。何不气一喷，散为鞭蓝风？我闻三昧火，烧身光熊熊。千眼金刚杵，头出烟焰红。何不呼阿奴，一用天火攻？我闻安息香，力能敕毒龙。尾击须弥山，波涛声汹汹。何不呼小婢，悉遣河神从？我闻阿修罗，横攻善见宫。流尽赤蚌血，藕丝遁无踪。何不取天仗，压制群魔凶？我闻毗琉璃，素守南天封。薜荔鸠槃荼，万鬼声嗚嗚。何不饬鬼兵，力助天王功？惟佛大法王，兼综诸神通。声闻诸弟子，递传术犹工。如何敛手退，一任敌横纵。竟使清净土，概变腥膻戎？

　　仿佛佛教曾经有多么强大，此刻它所影响的广大地区就有多么脆弱！

　　"佛不能庇国，岂不能庇教？"第五节顺承第四节，从佛教影响的地区转到佛教本身，历数两千多年来，佛教先后遭遇印度本土婆罗门教，外来波斯拜火教、"摩诃末"（伊斯兰教）等，这些教派有些还挟持政治威势，"教主兼霸王"，特别是蒙古铁骑横扫欧亚，但佛教都能与之一较短长，未曾落败。但是晚近，基督教东来彻底改变了力量对比，"载以通商舶，助以攻城炮"，佐以无与伦比的经济、军事实力，"竟使佛威德，灯灭树倾倒"！

　　第六节似乎立意要与第五节争辩。佛教在与基督教的遭遇中处于下风，但这并不意味着佛教教义的失效。"噫嗟五大洲，立教几教皇。惟佛能大仁，首先唱天堂。以我悲悯心，置人安乐乡。古分十等人，贵贱如画疆。惟佛具大勇,自弃铜轮王。众生例平等,一律无低昂。"诗人以为在古往今来的世界诸般宗教、诸多教主中,唯有佛称得上"大仁",因为他以悲悯之心,给人"天堂"安乐的希望,也唯有佛称得上"大勇",因为他舍弃王位,倡导众生平等。而如果要说佛教有何不足,"独惜说慈悲,未免过主张",他以慈悲之怀对待基督教,可谓所对非人,与舍身喂虎无以异,因为现实形势是:"人间多虎豹,天上无凤凰。虎豹富筋力,故能恣强梁。凤凰太文彩,毛羽易摧伤。惟强乃秉权,强权如金刚。"换句话说,佛教在近现代遭遇厄运,其实并非佛教教义本身的问题。

第四节、第五节先讲国,再讲教;第六节、第七节则先讲教,再讲国。而且第七节所讲之"国"正是诗人的祖国——中国,由此也终于与长诗的开头第一节遥相呼应。"吁嗟古名国,兴废殊无常",罗马、希腊、埃及等古代"名国"今焉胥归沦亡,难道中国欲步其后尘,遭遇相同的沦亡命运吗?回首往昔,"念我亚细亚,大国居中央",自尧舜以来四千余年,圣贤辈出,文明绵延,辐射周边;放眼当下,"到今四夷侵,尽撤诸边防",中国声教所被之域,沦为列强势力范围。而对于未来,诗人希望祖国实现由弱变强的转变,从大陆走向海洋,重新恢复传统的向心力与影响力:"天若祚中国,黄帝垂衣裳。浮海率三军,载书使四方。王威镇象主,鬼族驯狼骽。归化献赤土,颂德歌白狼。共尊天可汗,化外胥来航,远及牛贺洲,鞭之

黄遵宪书法

如群羊。海无烈风作,地降甘露祥,人人仰震旦,谁侮黄种黄?弱供万国役,治则天下强。"

最后,第八节,只有两句:"明王久不作,四顾心茫茫。"[1]这两句接在第七节之后,表面看是对第七节的逆转,是从第七节对于中国的美好想象里走出来,回到眼前忧心、残酷的现实。其实并不尽然。在整首长诗中一直隐退在幕后的"诗人",终于出现在前台,实际上也是要在整首长诗对中国与锡兰的关系,东方与西方的关系,佛教、儒教与基督教的关系,历史、现实与未来的关系,凤凰与虎豹以及"大仁""大勇"的教义与商船、炮舰的关系等等进行了长时间、全方位审视与省思之后,通过"诗人"之口来一次总结。"明王"也已不复是中国传统封建政治的语义,正如"治则天下强"之"强"不同于"强权如金刚"之"强",一个中国诗人所呼唤和期望的,也已超越了他自身的民族、国家视野,呼唤和期望一个无论多"强"但也总还不失"大仁""大勇"的世界。——这样的世界还要等待多久呢?

综上所述,无论是作为官方使者还是民间人物,无论是作为先后相续的群体还是独立个体,晚清海外诗人走向世界,在故国、异邦种种观感与观念的牵引、夹击之下,无不遭遇身份认同的冲击与危机。"局中门外汉"是这种身份意识的形象概括与写照。从十九世纪六十年代以来,随着时间的推移及地域空间的转换,晚清诗人逐步以现代世界的眼光来看待和反思中国民族国家的处境、社会形态的类型、文化价值的特点。他们一方面为晚清政治腐败导致内忧外患加剧而愤怒和沮丧,从民族、文化存亡续绝的角度要求变革图强,向现代文明转型;另一方面,在与他者特别是西方的比较中,认识到中西之间的平行差异并不一定就

---

[1] 黄遵宪著,陈铮编:《黄遵宪全集》上,第117—120页。

是高下之别，追求富强不是一味逐利、不顾礼义，也不是到处殖民、恃强凌弱。"局中""门外"之冲突所寓示的，不是非此即彼的简单接受或拒斥，而是慎重的对比、思考和选择。晚清海外诗人的一些看法和主张，当时或不免难合时宜，但在今天回看，往往具有孤明先发的意义。

# 第三章

# 晚清海外诗的"速度美学"

十九世纪末二十世纪初，随着技术加速、竞争加速及进化论的影响，人类克服时空阻碍，推进全球一体的步伐获得了更充沛的原动力。晚清诗人在海外也率先观察和体验到这种技术加速、社会加速在时空观念、生活步调及自我感觉与认同等方面所带来的巨大变化。在人们自古以来安之若素的时间方面，"当下"萎缩得越来越短暂，并且很快被下一个当下所代替；火车、轮船在将人们从传统束缚中解脱出来的同时，却又将人们再度重组并嵌入更加严密的时间管理之中。在空间方面，古人各种朝发夕至的梦想得以实现，人们无远弗届，无所不至，地球变小了，但也同时体验到地球变大了，发生了社会亲近性与物理邻近性的脱节，社会相关性与空间邻近性的脱节。在自我感知与认同方面，由于一切都陷于快了还要更快的速度循环，人们已不太能够将所认识的人、所发生的事、所经历的行动与体验作为素材消化吸收到自己的血肉记忆、构思与想象之中，编织成谋划意义、寄托身心的生命故事。此外，加速度的一体化世界还存在着严重的不平衡、不平等，速度滞后的国家、地区成为拥有速度与先发优势的国家、地区争夺、控制与盘剥的对象。

## 第一节　加速度的现代性

晚清诗人走出国门，在异国他乡的环境中无不注意到一个前所未见

## 第三章 晚清海外诗的"速度美学"

的现象：社会加速。他们睁大一双双讶异的眼睛，观察着从时空感觉、社会变迁、生活步调到精神世界无处不在的加速转变。如果说近代以来中国无可避免地被裹挟到现代性进程之中，包括诗人出国本身就是现代性事件之一，而据一些学者说来，"现代性就是速度"，"加速牵涉所有事"；①那么，晚清诗人及其诗作就先于大部分国人，是这一"加速度的现代性"最早的见证者、体验者和表征者。他们登上了轮船、火车、汽车，横跨五洲四洋，见识和惊叹近现代科技的力量。

如最早出使欧洲十一国的斌椿，其《黑水洋大风》云："轮船创造非寻常，测理精邃制器良。洪炉烈焰煮沸汤，真气鼓动力莫当。机括奥妙费审量，顿使险阻成康庄。大君有命通八荒，乘之飞渡黑水洋。东海大风真泱泱，布帆千尺两翼张。轩然巨波起空苍，鹢首出没相低昂。矫如健鹘天际翔，桅楼兀立神飞扬。"②前半首写轮船运行、推进的工作原理，后半首写狂风巨浪中的轮船全速航行，兀然自得。渡过印度洋、红海，斌椿又作《至埃及国都（即麦西国地名改罗）初乘火轮车》诗，其诗序云：

> 轮车之制，首车载火轮器具，火燃水沸，气由管出，激轮行。次车载石炭及御者四五人。后可带车三五十辆。车广八尺，长二丈有奇，分三间。每间两旁皆有门窗，嵌以玻璃。设木炕二，铺设厚软华美，为贵客坐也。次则载行李货物。又次则空其中，载木石牛马骆驼各物。皆用铁轮六。前车启行，后车衔尾随之，一日夜可行

---

① 哈特穆特·罗萨：《新异化的诞生：社会加速批判理论大纲》，郑作彧译，上海人民出版社，2018，第8—9页。
② 斌椿：《海国胜游草》，第156页。

三千里，然非铁路不能。①

十九世纪的轮船

较详细地了解、介绍火车的原理、功能与结构，新奇与好奇之心跃然纸上。

不仅火车、轮船，还有其他新发明、新运用的交通运载工具，如张祖翼《伦敦竹枝词》写公交车云："两层男女雁行排，来往通衢日几回。并坐殷勤通一语，下车携手踏天街。"②写自行车云："只轮两足踏轻机，镫影铃声出路歧。瞥眼真如飞鸟速，学趋捷径便相宜。"③写救火车云："四马朱轮去若飞，黑衣人尽戴铜盔。若教项羽来西土，

---

①斌椿：《海国胜游草》，第163页。
②张祖翼著，穆易校点：《伦敦竹枝词》，第13页。
③同上书，第16页。

## 第三章 晚清海外诗的"速度美学"

也作咸阳一炬灰。"①其时,喷气式飞机虽尚未问世,但已有热气球:"飞车巧制夺天工,自在游行薄太空。不料气球轻举处,扶摇人趁大王风。"②气球是悬浮和飞翔在天空的"飞车",人类也因此补上海陆空全面加速的最后一块拼图。而为了与这些交通运载工具相配套,还有铁轨、隧道、公路、桥梁、运河、码头等设施,如何如璋写东京的铁路大桥:"倒海排山道始通,铁桥千丈又横空。经营毕竟穷人力,漫诩飞行意匠工。"③张祖翼写伦敦玳米司江(泰晤士河)的江底隧道:"水底通衢南北连,往来不唤渡头船。灯光惨淡阴风起,未死先教赴九泉。"④王以宣写巴黎的大街小巷:"坦荡云衢似砥夸,岁时碾石与礧沙。纷纷宝马香车里,绿树明灯夹道遮。"⑤都说明随着交通运输技术的发明和运用,加速已深入到社会生活的方方面面。

除交通运输的蓬勃发展之外,晚清出洋的中国诗人还见识到初具雏形的现代信息传输体系。斌椿《西洋照像法,摄人影入镜中,以药汁印出纸上,千百本无不毕肖。予来巴黎(法国都)、伦敦(英国都),

---

① 张祖翼著,穆易校点:《伦敦竹枝词》,第21页。

② 王以宣:《法京纪事诗》,第61页。

③ 何如璋:《使东杂咏》,载吴振清、吴裕贤编校整理:《何如璋集》,第12页。

④ 张祖翼著,穆易校点:《伦敦竹枝词》,第22页。

⑤ 王以宣:《法京纪事诗》,第57页。另外王氏诗后还附有详细注解云:"(巴黎)石路,宽平修洁,甲于欧土。其通途广道,如双舍利舍罗、伏耳蒲卢洼等处,砥平矢直,一望靡际。推而侧巷小街,亦复楚楚可履。……其路分木、沙、石三种:木路削木成块,熬沸油,使坚实,用代砖砌。淋之以胶,其工为最坚久。车行道上绝稳,且无声响。……其街中阔数丈为车道,两旁亦各丈许,畀行人。货铺林立,率以大玻璃嵌窗牖,广五六尺,内陈各物,朗若列眉。沿阶砌石,并光泽;且复植茂树,间明灯,永夕永朝,车马络绎。每当夕阳初下,一辆御风,爽挹尘襟,直可作天际真人想。"

画师多乞往照。人皆先睹为快,闻有以重价赴肆购买,亦佳话也》诗云:"海隅传遍使星过,纸绘新闻万本多(太西各国日印新闻纸数十万张)。中夏衣冠先睹快,化身顷刻百东坡。"①长题已清楚交代了事件原委,身为大清使者,斌椿的照片被登在了巴黎、伦敦的报纸上,逼真拷贝、发行了数十万份;写诗的使者也朦胧意识到,在摄影、报纸、机械复制等技术的合力作用下,一个"化身顷刻""海隅传遍"的加速度的世界已然降临。

再如张祖翼与何如璋一在伦敦,一在东京,竟不约而同写到了邮政与电报,相互之间亦构成饶有意味的映照与补充。关于邮政,张祖翼诗云:"草字人头白纸封,路旁到处有邮筒。不知何事通消息,半是私情半是公。"②何如璋诗云:"家书远寄凭邮便,一纸何嫌值万金。五岭极天隔瀛海,鲤鱼风紧碧波深。"无论公私消息,无论距离远近,俱可顺利送达。而像斌椿在诗末加注解释轮船、火车的运作原理那样,

第一批留美生在研究照相机使用方法

---

① 斌椿《海国胜游草》,第166页。另参斌椿《昨观火轮泄水,偶题七律一首,已入新闻纸数万本,遍传国中。今日游生灵苑,所畜珍禽异兽甚多,长官具中华笔墨索题,走笔》:"遐方景物倍鲜妍,得句频联翰墨缘。今日新诗才脱稿,明朝万口已流传。"

② 张祖翼著,穆易校点:《伦敦竹枝词》,第19页。

何如璋也于诗末注解云:"东人公私文报,设局经理,名曰邮便。置柜中衢,任人投之。定期汇收分寄,无遗漏者。"①

关于电报,何如璋诗云:"柔能绕指硬盘空,路引金绳万里通。一掣飞声逾电疾,争夸奇巧夺神工。"同样也在诗末加上注解:"电气报以铜为线,约径分许,用西人所炼电气。或架木上,或置水中,引而伸之,两头以机器系之。所传之音,傅线以行,虽千万里顷刻即达。"②而远在伦敦的张祖翼,则为何如璋诗与注解中纯然机器技术的电报世界增添了一位不可缺少却又不乏温情的"女报务员":"少女扶机竟日忙,霎时传语遍城乡。为他人约黄昏后,未免痴情窃问郎。"③多年以后,流亡日本的梁启超乘船前往台湾,途中作诗云:"迢递西南有好风,故人相望意何穷。不劳青鸟传消息,早有灵犀一点通。"后两句说不烦书信,此行的所有细节早已在"无线电报"里商量妥当。④此外,电话也不期然加入到为加速社会推波助澜之行列,何如璋《次韵》诗云:"何须机电诩神通,寸管同掺用不穷。卷则退藏弥六合,好扬圣教被殊风。"诗前"小序"云:"近西人有电器,名得律风,足以传语,故以此为戏。"⑤

---

① 何如璋:《使东杂咏》,载吴振清、吴裕贤编校整理:《何如璋集》,第13页。

② 同上书,第12页。

③ 张祖翼著,穆易校点:《伦敦竹枝词》,第18页。

④ 梁启超《辛亥二月二十四日,偕荷庵及女儿令娴乘笠户丸游台湾,二十八日抵鸡笼山,舟中杂兴》之八,诗末自注:"未至台湾前一日,林献堂以无线电报祝海行安善。"梁启超撰,汪松涛编注:《梁启超诗词全注》,第296页。

⑤ 何如璋《诗文补遗》,何如璋:《何如璋集》,吴振清、吴裕贤编校整理,第42页。

十九世纪欧洲某电报局的女报务员

何如璋《次韵》诗作于1878年6月，电话似乎还是太超前了些，他能够理解和赞叹电报、邮政与铁路大桥，但还是认为"机电"之电话不如"寸管"之笔。曾几何时，官道、快马、驿站、信使，组成了传统信息传输的主要场景。诗人骑驴、骑牛，买舟、泛舟，在城乡阡陌、青山绿水之间悠悠徜徉，也成为中国文学、文化的经典意象。再有就是对各种各样思出尘外但无法落地的有关交通运输、信息传输的速度世界的神话传说与想象描绘。从这样的传统与世界里走出来，虽然不可避免地拖着长长的传统社会的尾巴，但总体来说，晚清士人、诗人还是努力突破自身既有的理解框架，或者说，努力将自身既有的理解框架与眼前即目所见、亲身体验的加速技术对接起来。而交通运输、信息传输的加速技术所催生和创生的实际上是一个与传统社会告别的现代加速世界。与这个世界直面相向，严格的传统诗歌形式也许已不敷其用，或者苦于语焉未详，但晚清诗人合为事而作，或出以长题，或在诗前加小序，或旧名

第三章　晚清海外诗的"速度美学"

词赋新义或径用新词然后在新词后加括号注解,或在句中、句末或诗末加注解。

　　而最耐人寻思的是使事用典。如斌椿《至埃及国都（即麦西国地名改罗）初乘火轮车》云："宛然筑室在中途,行止随心妙转枢。列子御风形有似,长房缩地事非诬。六轮自具千牛力,百乘何劳八骏驱？若使穆王知此法,定教车辙遍寰区。"①第一次体验火车及其运行,为了理解这座奔驰在途的"房屋",斌椿打开头脑中所曾熟读的《庄子·逍遥游》《神仙传》《穆天子传》《拾遗记》等库存材料,以列子御风而行、费长房一日千里,以及周穆王所驭"绝地""翻羽""奔宵""超影""逾辉""超光""腾雾""挟翼"等八匹神骏做类比,让自己从眼前的突兀中暂且退后一步,心神稍定后再向前跨入这六个铁轮、行止

1911年,伦敦至南普敦铁路

---

① 斌椿:《海国胜游草》,第163页。

095

随心的新的加速世界。包括他以苏轼《泛颖》诗所写的水中倒影被涟漪"散为百东坡"来类比自己照片被报纸发行数十万份,实际上也清楚意识到当下世界已与昔日社会不可同日而语。包括张祖翼所写伦敦泰晤士河河底隧道,"未死先教赴九泉",使事不当,但也正是经由这样的误解才逐步加深了对新世界的适切了解和理解。潘乃光《苏尼士河》云:"有心精卫计何迂,无恙龙门凿得无。缩地能通三百里,移山莫笑乃公愚。"①行驶在新开凿的苏伊士运河的碧波之上,潘氏虽与斌椿、张祖翼出于同样的用典机杼,但已比他们更好地调控和稳定了情绪。

迨至康有为,则已基本理顺从传统世界向加速的现代性的历史脉络,其《阅兵讫,夜乘汽舟自哈顺河归纽约,月色微茫,此福尔敦创汽舟首行之地,夜阑看月,感赋》云:"罗马前人视飞鸟,后得指南针有方。上下百万年,大地冥墨寒绝各夜郎。政俗难测识,宝精各深藏。虽有科仑布,晏逊与墨领,强觅新地辟大荒。交通仍艰难,披阅劳肚肠。自有福尔敦,遂缩大地若堂坊。波浪滔滔,夜灯弥山闪煜煌。百年世界大进化,万载无此大块新文章。"②康有为另有一诗称颂蒸汽机的改良人瓦特(华忒):"汽机创自英华忒,水火相推自生力。汽船铁轨自飞驰,缩地通天难推测。万千制造师用之,卷翻天地先创极。汽船制器日日新,凡十九万五千式。力比人马三十倍,进化神速可例识。……巧夺造化代天工,制新世界真大德。华忒生后世光华,华忒未生世暗塞。"③推崇瓦特与富尔顿(福尔敦)的发明,在上下百万年的人类漫漫求索之

---

① 潘乃光撰,李寅生、杨经华校注:《榕阴草堂诗草校注》,第479页。
② 康有为著,上海市文物保管委员会文献研究部编:《万木草堂诗集》,第212页。
③ 康有为《游苏格兰京噫颠堡,见创汽机者华忒像,感颂神功,不可忘也》,同上书,第201—202页。

中将百年进化的全新世界区分和突出出来,这是对科技加速、社会变迁加速、日常生活步调与心性感受加速的现代性状况恰如其分的理解和评价。

## 第二节 速度与时间

梁启超在日本作《志未酬》云:

> 志未酬,志未酬,问君之志几时酬?志亦无尽量,酬亦无尽时。世界进步靡有止期,吾之希望亦靡有止期。众生苦恼不断如乱丝,吾之悲悯亦不断如乱丝。登高山复有高山,出瀛海更有瀛海。任龙腾虎跃以度此百年兮,所成就其能几许?虽成少许,不敢自轻。不有少许兮,多许奚自生?但望前途之宏廓而寥远兮,其孰能无感于余情?吁嗟乎,男儿志兮天下事,但有进兮不有止,言志已酬便无志。①

梁启超与子女在日本

---

① 梁启超撰,汪松涛编注:《梁启超诗词全注》,第90页。

出瀛海：晚清诗人的海外观察与体验

诗作受进化论思想影响明显；山外有山、海外有海、进步永不满足永无止境的进化论思想，与轮船、火车等交通运输技术革命及报纸、电报等信息传输技术革命一起，相互摩荡激化，也从根本上重塑了加速度时代的时间观念。

首先是加速度所导致的所谓"当下时间之萎缩"现象。潘乃光在伦敦参观博物馆，尝作诗云：

> 天骨开张象堂皇，取精用宏夸富强。博物亦数英吉利，任人品题无雌黄。初见古人古棺古，葬具惊心刿目列两旁。随见五金珠宝杂服饰，刮光磨垢分成行。季札闻乐欢观止，似道半间欲珍藏。岂期层楼扶梯上，六通四辟穿回廊。其中油画更称绝，说甚顾绿与倪黄。人物重写生，故事成滥觞。沙场绘鏖战，裸体如寻常。转入偏院出意表，知名笔墨生容光。几何士女来规仿，含毫研朱情信芳。点染山水描花卉，别开境界何清凉。只惜寓目在俄顷，加以赏鉴难精详。余兴未已纵挥写，写入奚囊示不忘。①

诗人应接不暇，眼花缭乱。"初见"旋即被"随见"取代，"似道"之后复有"岂期"相续，在此，"当下"这个时态不断萎缩得越来越短暂，一个当下时刻随即被下一个当下时刻所更替；"其中"数句写在油画展览前流连驻足，但诗人意识里已在快速将眼前油画与记忆中的中国画展开对比，油画的色彩更鲜明，人物更生动，而且擅长以画面铺陈故事，描绘战争，再现裸体……在此流连驻足片刻的单位时间之内，

---

① 潘乃光《游博物院》，潘乃光撰，李寅生、杨经华校注：《榕阴草堂诗草校注》，第503—504页。

## 第三章 晚清海外诗的"速度美学"

诗人似欲极力联想更多的主题，比较更多的细节，发现更多的差异，也就是说，在一定单位时间之内行动的事件量或体验的时间量都在尽量增加，须在更少的时间内做更多的事。

推广开来说，广蒐珍奇的博物馆本身其实就是加速度现代性的象征，它将各地并置一处，古今聚合一时，包括诗人在内的观赏者的眼睛和心脑也被这些前所未有的并置、聚合所眩惑。"只惜寓目在俄顷，加以赏鉴难精详"，在博物馆内的每一个当下——这尽可能容纳最多的行动事件量或体验时间量的每一个当下，都只是"俄顷"。如果说过去意指不再存在、不再有效，未来意指尚未存在、尚未有效；那么"当下""俄顷"则成为经验范围和期待范围正重叠发生的时间区隔，在此区隔之内，一切纷至沓来又稍纵即逝，再也难以像以往那样细细打量，从容鉴赏。①这种"博物馆"现象与体验可谓无处不在，易地皆然。如

不列颠博物馆

---

① 罗萨：《新异化的诞生：社会加速批判理论大纲》，第17—21页。

## 出瀛海：晚清诗人的海外观察与体验

同一个诗人潘乃光，当他越过印度洋、红海来到英国治下的埃及港口城市塞得港，每一次注目和驻足都成为"仓猝"的奇遇："宝藏恍入五都市，旺气先包百谷王。夜色微茫天正晚，望去灯光不知远。蚌胎云母争玲珑，马迹蛛丝势蜿蜒。登岸信步任所之，不嫌仓猝惟称奇。管中窥豹一斑耳，五光十色迷玻璃。"①

而随着"当下时间之萎缩"，人们对时间的主观感受也发生了变化，体验得越来越多，越来越快，经验得反而越来越少。人们早就发现，体验到的时间和记得起来的时间往往不成正比，如果一个人做一件自己喜欢做的事，并且得到非常多样和令人兴奋的体验，那么时间通常会流逝得非常快，但在一天结束后回想起来却又觉得这一天过得特别久。而如果一个人被困于某处一整天，他会感到度日如年，但在这一天即将结束之时却又觉得好像离早上起床没多久似的。这就是人们一般所熟悉的"体验短/记忆久"或者"体验久/记忆短"的时间模式。但是，在加速度的现代性时代，这些熟悉的时间模式被打破，变成了"体验短/记忆短"的时间模式，亦即体验时间与经验记忆的时间都变得一样短。

如康有为《庚子七月十五日泊丹将敦，泛轮来庇，今日又辛丑七月十五，已经年矣。追思壬寅七月望在印度，癸卯七月望在爪哇，甲辰七月望在那威，乙巳在纽约，丙午在意之美兰那，丁未在瑞典，戊申在瑞士，已酉复归槟屿，庚戌过丹将敦到星坡，再读之，俯仰陈迹，益兴怀也》云："去年丹将敦，明月照海雪。今年槟榔屿，又复见明月。我生多去住，明月几圆缺。人生若飞鸟，太空自飞没。踪迹皆偶留，长久同

---

① 潘乃光《波赛行》，潘乃光撰，李寅生、杨经华校注：《榕阴草堂诗草校注》，第492页。

第三章　晚清海外诗的"速度美学"

仓卒。岁岁客迁次，年年老甲乙。一任大化迁，岂与人间绝。举以问明月，明月不能说。"①诗题是所谓"长题"，但比起漫漫十年辽阔的环球旅行，长题却嫌太短，与寥寥数句的整首诗一样太短；一年又一年，本该发生和经历多少故事，但现在都被七月十五这个较为特殊的农历日子，月亮这个较为经典的意象，划分成了一个个孤立的片段，或者说，只有靠农历和月亮才将这些孤立的片段勉强串联在了一起。体验的时刻越来越丰富，生命的经验却越来越贫乏，最终时间似乎落得双重下场："飞鸟"般流逝和"飞没"，却又在记忆里"仓卒"得只留下偶然的"踪迹"；②连同这些地名也构不成一幅完整的世界地图，只仿佛是在大脑的记忆屏幕上四处闪烁、散乱明灭的亮点。

康有为另有《泛那威寻北冰海，纵观山水，维舟七日，极海山之大观》诗云："吾昔爱温台，又复好南溟。既美加拿大，更慕瑞典京。皆以亿万岛，足以妙性灵。然若论海山，诸地短且平。谁甲大地者，那威吾定评。"③温州、台州的海山美景让位于南海，南海让位于加拿大，加拿大让位于斯德哥尔摩，最后又都让位于挪威；如前引梁启超《志未酬》所云："登高山复有高山，出瀛海更有瀛海"，由于对海山美景的体验时间与经验记忆的时间都变得一样快、一样短，都难以成为真正的"自己的"时间，所以只能一个让位于另一个、下一个，"酬亦无尽

---

① 康有为著，上海市文物保管委员会文献研究部编：《万木草堂诗集》，第137页。
② 罗萨：《新异化的诞生：社会加速批判理论大纲》，第133—139页。
③ 康有为著，上海市文物保管委员会文献研究部编：《万木草堂诗集》，第250页。另参康有为《观霓格（尼亚加拉）大湖瀑》："吾生看瀑万百千，此颇观止岂能又。罗浮大水帘，匡庐黄岩岫。吾昔所惊吁，有如泰山比培塿。吾闻非洲域多利，天下大瀑号冠绝。昔于电戏曾见之，层崖惊涛惟白雪。山瀑大无比，湖瀑此莫将。"

时"的根本原因在于"志亦无尽量"。打一个不太恰当的比方，在加速度的现代性之下，人们就像童话中掰苞米的猴子，掰一个丢一个，只能总是处于"志未酬"状态。所以潘乃光《游博物院》诗云："余兴未已纵挥写，写入奚囊示不忘。"在这种"体验短/记忆短"的时间状态与模式下，诗人似乎只有凭靠写诗才能使之稍稍得以锭定和延长。

另一个凭靠是纪念品，梁启超《南海先生以漉士金字陵铜俑、舍卫佛讲堂幡、雅典陶尊、邦涕僵石、耶路撒冷群卉图见赠，赋谢》诗云："最是铜仙去不还，怀抱与我同侘傺。天荒地老六千年，相思涸尽如铅泪。吁嗟教宗与霸图，扰扰尘中几成坏。"[1]受赠康有为从埃及、印度，以及雅典、耶路撒冷及庞贝古城等地带回的纪念品，不过，来自古代遗址的纪念品，似也只能遥夜摩挲，早已像当年的历史事件一样失去了当时采撷现场的温度。

此外，晚清诗人还对加速度时代的时间管理方式有所观察和思考。如张祖翼《伦敦竹枝词》写伦敦的公交汽车："两层男女雁行排，来往通衢日几回。并坐殷勤通一语，下车携手踏天街。"诗末并附注语："凡通衢大道，皆有街车来往经过，有一定晷刻。日数十往还，以便行

康有为书法

---

[1] 梁启超撰，汪松涛编注：《梁启超诗词全注》，第354页。

第三章 晚清海外诗的"速度美学"

人车。"①将诗句与注语合观,乃可看到与男女车上混杂而坐同样让来自传统社会的中国诗人惊异的是公交班车有固定的时间表,每天有规律开行十几班,人们每天也根据这个时间表安排自己的出行。这实际上提出了时间管理的同步化要求。这也必然会造成诸多制度、过程与实践之间的界限的协调、摩擦与张力。

十九世纪伦敦的马拉公交车

张祖翼写的是伦敦的男女乘坐公交车约会,试想约翰提出在某日某时乘车至某地见面,约翰提升了速度,玛丽也就感到了压力,除非她也将自己的速度提升起来,跟上约翰和班车的步调,不然就只会干扰对方或拖对方的后腿。②张祖翼还只是伦敦班车及约会男女的旁观者,另一

---

① 张祖翼著,穆易校点:《伦敦竹枝词》,第13页。
② 罗萨:《新异化的诞生:社会加速批判理论大纲》,第91—92页。

103

位诗人潘乃光恰在元宵节抵达法国南部港口马赛（马寨）："上元风景绘新春，恰好天低月近人。扰扰人声车路近，十分钟过即开轮。"[①]诗人本应欣赏异国他乡元宵节的夜景，但此刻他是加速度时代各方面相互依赖、环环相扣的时间链条中的一环，行色匆匆，所幸也终于在规定的时间赶上了班轮。对此时间管理观察最细、体味最深的当推黄遵宪，其《今别离四首》之一云：

> 别肠转如轮，一刻既万周。眼见双轮驰，益增中心忧。古亦有山川，古亦有车舟。车舟载别离，行止犹自由。今日舟与车，并力生离愁。明知须臾景，不许稍绸缪。钟声一及时，顷刻不少留。虽有万钧柁，动如绕指柔。岂无打头风，亦不畏石尤。送者未及返，君在天尽头，望影倏不见，烟波杳悠悠。[②]

别肠转如轮，但轮子已不复是传统人力车的缓慢车轮，而是飞速旋转的汽车轮、火车轮，可想见离人的伤痛随现代加速而更甚。不仅如此，古代的离别尚是相对"自由"的离别，可以缠绵，可以延宕，可以一步三回头，可以目送与遥望，但现代的离别，"钟声一及时，顷刻不少留"，准时上车上船，送客止步，立即开行，瞬间远离和消失。而且这一进程不以任何个人意志为转移，不因任何客观条件而逆转，它唯一的方向就是始终向前，就是把一切快速、无情地抛在身后。加速度的科技、理念及其所产生的"动力能量"让人们从传统的无奈与束缚中"脱

---

[①] 潘乃光《马寨》，潘乃光撰，李寅生、杨经华校注：《榕阴草堂诗草校注》，第481页。
[②] 黄遵宪著，陈铮编：《黄遵宪全集》上，第121页。

嵌",赋予人们更多行动的自主性与自由,但加速度也似乎从一开始就违背了自己解放与自由的承诺,让人们在"脱嵌"的同时又深嵌于另一套严密的时间管理的链条与体系之中。加速度在一手给出了所谓自主性与自由的同时,又似乎由另一只手收了回去。

## 第三节　速度与空间

随着西伯利亚大铁路的修通,晚清诗人在横贯欧亚大陆、东西绵延近一万公里的铁路线上感受到前所未有的空间位移。单士厘《光绪癸卯春过乌拉岭》云:

水作东西流,地别欧亚境。崇高二千尺,迤逦浑忘迴。萦回巧安轨,曲折堪驰骋。来往便行李,运输无阻梗。豁然大交通,天地包涵并。……行过帕斯脱,溪山逾娟静。密树发新绿,麦苗抽翠颖。乌发驿以西,平原绝遮屏。漠漠无边际,绕溪浮小艇。教堂高耸云,夕照逗残影。自谓饶眼福,故乡无此景。谓语诸闺秀,先路敢为请。①

汪荣宝《西伯利道中》云:"金椎万里控神皋,绝漠惟惊凿空劳。独往真成追落日,适来可得止奔涛。平湖夜受寒星阔,连岭春兼霁雪

---

① 单士厘:《受兹室诗稿》,陈鸿祥校点,第37页。

高。回首齐州空九点,玉杯谁共醉蒲陶。"[①]单士厘从女性身份出发,自称是女性中有此履历的开路先锋,汪荣宝原本在陆地上疾驰,但恍然之间仿佛从天上俯瞰,故国在身后也成为越来越模糊的远影。

不过,选择这条路线去往欧洲的晚清诗人并不多,他们大多还是选择海路,即经由南海、马六甲海峡、印度洋、红海、苏伊士运河抵达地中海;去英国则出直布罗陀海峡沿大西洋北上。去美洲则有两条航线,一是在经过去往欧洲的海上航线后,再从英国利物浦等地横渡大西洋,一是东渡日本再横渡太平洋到美国、加拿大、墨西哥。单士厘诗云:"谓语诸闺秀,先路敢为请。"康有为则犹有过之,到达某地也常以当

西伯利亚大铁路

---

[①] 汪荣宝《西伯利道中》,汪荣宝:《思玄堂诗》,载沈云龙主编《近代中国史料丛刊》第六十辑,第69页。

## 第三章 晚清海外诗的"速度美学"

今第一人自诩,如其《遍游北美洲,将往南美辟新地》云:"手扶旧国开云雾,足踏新洲遍海隅。"①《戊申六月廿九日晓泛黑海》云:"横槊谁赋诗,吾应先支那。"②再如其诗题所云:《游中印度舍卫城,访佛迹,舍卫为印度京,印言曰爹例。……支那人之来此者,法显、惠云、三藏而后,千年而至吾矣》。③

综而言之,晚清诗人凭借科技加速,在空间的履历和拓展上主要表现为两点:一是无远弗届,所至甚远。但举几首横渡各大海洋的诗题以见一斑:斌椿《红海苦热》,康有为《己亥二月,由日本乘和泉丸渡太平洋》《五月,出利物浦,渡大西洋,重到加拿大,入胜罗仑江口》《己亥九月秋夜,再渡太平洋到神户,仍宿警察署楼。去年初到,忽忽周期,俯仰惘然,不意复期到此》《九月二十二重泛大西洋》《地中海歌》《五度大西洋放歌》《泛那威寻北冰海,纵观山水,维舟七日,极海山之大观》,梁启超《二十世纪太平洋歌》《大西洋遇风》,黄遵宪《八月十五夜太平洋舟中望月作歌》《海行杂感》,丘逢甲《七洲洋看月放歌》,汪荣宝《浩浩太平洋》,杨圻《哀南溟》,等等。丘逢甲《七洲洋看月放歌》云:"一舟之外天连水,万里空明月轮起。七洲洋里看月行,数遍春宵古无此。舟行双轮月只轮,青天碧海无纤尘。茫茫海水镕作银,着我飞楼缥缈独立之吟身。少陵太白看月不到处,今宵都付渡海寻诗人。"④诗中的七洲洋可推而至于其他各大洋,夜晚可推至白昼,海天无尘可推至狂风暴雨,看月可推至看火山、冰山、千岛、云

---

① 康有为著,上海市文物保管委员会文献研究部编:《万木草堂诗集》,第220页。
② 同上书,第255页。
③ 同上书,第150页。
④ 丘逢甲:《岭云海日楼诗钞》,丘铸昌校点,第162页。

雾或极光。

二是无所不至，所至甚多。如斌椿游历欧洲十一国，黄遵宪出使日本、美国、新加坡，汪荣宝、钱恂等滞留在日本及欧洲数国多年，梁启超先后考察美洲、欧洲数国。其中又以康有为最具代表性，梁启超《南海先生倦游欧美，载渡日本，同居须磨浦之双涛阁，述旧抒怀，敬呈一百韵》，列数乃师戊戌后流亡十多年的海外行踪：

> 分携瞻斗柄，行迈卜筳篿。杖屦随春远，芒鞋踏地穿。驮经追法显，凿空陋张骞。舍卫冲泥入，须弥倚壑眠。夜吟红海月，晓碾落机烟。突厥宫依垒，波斯寺礼祆。火山遗市掩，狮首古陵镌。陈迹原堪吊，新华亦可搴。仁贤友侨胖，掌故问聃篯。政教三千祀，图经二十编。质文资损益，成坏说因缘。①

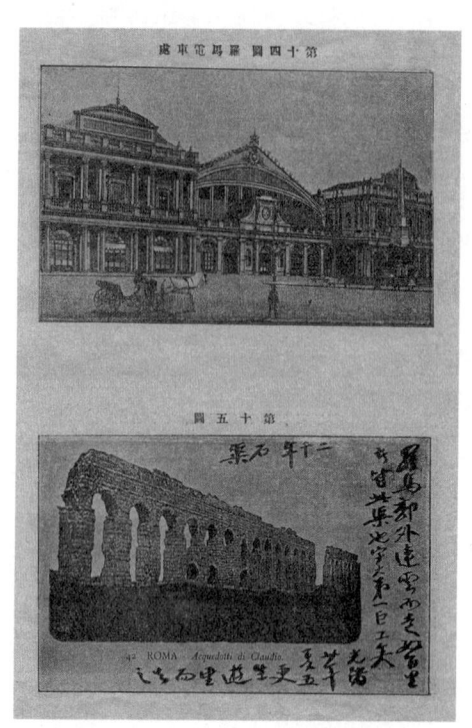

康有为《欧洲十一国游记》插图

除非洲中南部等地计划前往而未曾成行以外，康氏足迹几遍及世界各地。

这种无远弗届、无所不至的加速度的空间变化更值得注意的是，带来了人与世界、自

---

① 梁启超撰，汪松涛编注：《梁启超诗词全注》，第341—342页。

第三章　晚清海外诗的"速度美学"

我与世界的关系的变化。也就是说,每一个晚清海外诗人作为一个身体性存在,他(她)处于或"坐落"于空间世界的方式因为加速度现代性的到来而势不可免地发生变化。多位诗人都不约而同写到在车船等交通工具上各色人等的五方杂处,如斌椿《泊舟锡兰岛,客又增至三百余人,内不同国者二十有八,不同言语者一十七国,形状怪异,洵属大观。因与凤夔九、德在初(俱翻译官)诸人及三子广英,论〈山海经〉所载各国传讹已久,非身历不能考证也,率成长古》云:"形状诡异服色怪,雕题长股如观优。列邦咸知重中夏,免冠执手礼节修;晨昏相见情谊洽,颇同谈笑杂歌讴。凡人禀赋同此理,所藏不恕终相尤;岂必殊方始隔膜,同室往往操戈矛;情联义合消畛域,海外亦皆昆弟俦。"①潘乃光《偶成》云:"异言异服不相妨,异味何堪朝暮尝。族类非群同鸟兽,汗浆蒸气带牛羊。舟中敌国无猜忌,海上浮家人杳茫。"②

斌椿、潘乃光以为同船他人的友好是出于对帝国使臣与子民的敬畏,并从短暂的融洽相处得出同室往往操戈、殊方未必隔膜的结论,其实是诗人的想象和浪漫多于使臣的严谨观察和思考,犹未十分清晰地认识到,在加速的现代性空间里社会亲近性与物理邻近性之间所悄然发生的脱节现象,也就是说,与传统社会不同,那些在物理距离方面离我们很近的人,不一定就是与我们有非常亲密社会关系的人,反之,与我们有非常亲密社会关系的人,也不一定就是在物理距离方面离我们很近的人。③斌椿、潘乃光所写的同船共处,黄遵宪出以更戏谑、更发人深省的《以莲菊桃杂供一瓶作歌》诗,诗云:"如竞筇鼓调筝琶,蕃汉龟兹

---

① 斌椿:《海国胜游草》,第161—162页。
② 潘乃光撰,李寅生、杨经华校注:《榕阴草堂诗草校注》,第488页。
③ 罗萨:《新异化的诞生:社会加速批判理论大纲》,第118页。

乐一律。如天雨花花满身，合仙佛魔同一室。如招海客通商船，黄白黑种同一国。"黄遵宪转以不同肤色的人同乘一船来类比莲菊桃等花"杂供"一瓶，与斌椿、潘乃光不无巧合，但接下来黄诗又明显比斌椿思虑更深一层，将潘乃光融而未明的即使"舟中"无"敌国"，毕竟"海上"作"浮家"的诗意做更淋漓的发挥：

一花惊喜初相见，四千余岁甫识面。一花自顾还自猜，万里绝域我能来。一花退立如局缩，人太孤高我惭俗。一花傲睨如居居，了更妩媚非粗疏。有时背面互猜忌，非我族类心必异。有时并肩相爱怜，得成眷属都有缘。有时低眉若饮泣，偏是同根煎太急。有时仰首翻踌躇，欲去非种谁能锄。有时俯水瞋不语，谁滋他族来逼处。有时微笑临春风，来者不拒何不容。①

在一个暂时共处的权宜空间里，失去了所谓熟人社会、亲密社会里原本彼此之间的知根知底，默会默契，人们之间不排除有知解和友爱，但心中涌动更多的是小心、猜测和疑惧。倒是潘乃光在圣彼得堡出席那场雪夜宴会以后所作之诗，证明他的确去斌椿远而距黄遵宪近，其诗云：

瑞雪飞花寒扑面，繁灯散影光夺电。玉楼光竿银海眩，十里五里铺长练。……楼台一簇忽当前，歌声隐隐出琼岛。飞车贴地随意驰，驶入园林尚不知。登楼一望出意表，珠围翠绕何离奇。鞠䩞格磔音凄楚，进退疾徐态容与。缟素或疑姑射仙，光怪当是天魔女。

---

①黄遵宪著，陈铮编：《黄遵宪全集》上，第132页。

第三章　晚清海外诗的"速度美学"

座中知有使星来，彼此惊视相疑猜。异邦人作非非想，乘槎客到真奇哉。须知此会不易得，千金仅许买一刻。沙团星聚几何时，他年回首隔西北。①

比乘着飞驰冰车沿途所见玉楼琼宇更新奇的，是诗的后半部分对一刻千金、随聚随散的宴会（空间）的沉思，特别是"沙团星聚"的譬喻，将最无黏性的沙子、距离遥远的星辰暂时掺和团捏在一起，是对加速度现代性条件下人们"坐落"于某一空间世界的方式的形象写照。康有为与弟子梁启超多年离别之后在日本相聚，亦感怆赋诗云："身经百亿万千劫，我是东西南北人。""团沙易感伤身世，十四年来几转轮。"②亲密师生因为东西相违、南北之隔而暂时"团沙"相聚。最后，商船、花瓶、宴会、师生关系等等都只能成为沙团星聚的"非地点"，成为不太可能有故事、有回忆、有自己认同感的"沉默的空间"。③

不仅社会亲近性与物理邻近性脱节，社会相关性与空间邻近性也脱节开来。黄遵宪《今别离四首》之三云：

开函喜动色，分明是君容。自君镜奁来，入妾怀袖中。临行剪中衣，是妾亲手缝。肥瘦妾自思，今昔毋得同。自别思见君，情如

---

①潘乃光《巴雨田部郎李佑轩贰尹公请星使过涅瓦江十余里外小跳舞场观乡景作夜游露车行，雪中是又一风景也，同人欢甚，走笔纪之》，潘乃光撰，李寅生、杨经华校注：《榕阴草堂诗草校注》，第498页。

②康有为《辛亥夏五月，自香港重游日本，寓任甫须磨双涛园，筑室同居。与任甫离居者十三年，槟榔屿、香港一再见，亦于今八年矣。儿女生于日本，皆不能识，相见如梦寐。任甫赋百韵诗，先有四律奉迎，答以四律》第一首，康有为著，上海市文物保管委员会文献研究部编：《万木草堂诗集》，第310页。

③罗萨：《新异化的诞生：社会加速批判理论大纲》，第119页。

111

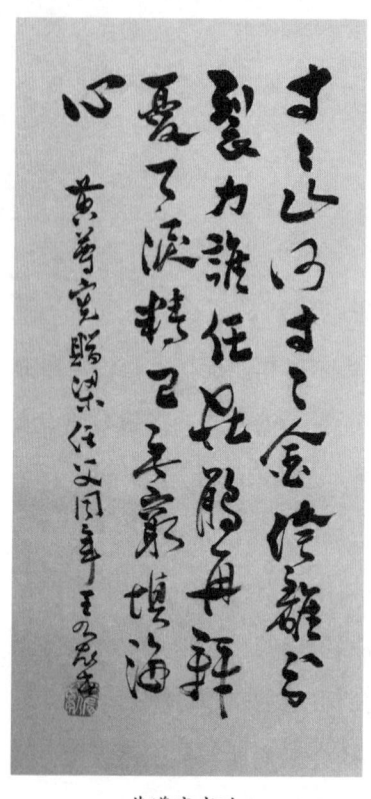

黄遵宪书法

春酒浓。今日见君面，仍觉心忡忡。揽镜妾自照，颜色桃花红。开箧持赠君，如与君相逢。妾有钗插鬓，君有襟当胸，双悬可怜影，汝我长相从。虽则长相从，别恨终无穷。对面不解语，若隔山万重。自非梦来往，密意何由通。①

诗写妻子收到丈夫远隔重洋寄来的照片，大喜过望，看着照片上丈夫依然穿着临行前自己亲手缝制的衣服，细细端详是胖还是瘦了，忽然若有所思，揽镜自照，其实是代替照片里丈夫的眼睛凝视自己，展开夫妇之间久违的喁喁对话，也思量着尽快给丈夫寄去一张，只要两张照片在一起就是夫妇之间的永不分离。但是一转念，又随即感到意犹不足，若有所失，因为摄影技术、信息传输技术的进步将对方的容貌带到了彼此面前，但看似面对面，其实还是遥远的接近。

黄遵宪这首诗写于一百多年以前，"今别离"之"今"还不是有着高度发达的电视转播、视频传输技术的今日之"今"，但他仅仅经由对当时还处于问世之初的摄影技术的深刻思考，已十分敏锐地意识到今日维利里奥所说的"实际存在"与"电传存在"的差异，"当下所见"与

---

①黄遵宪著，陈铮编：《黄遵宪全集》上，第122页。

"远方实存"之间的距离；妻子或者丈夫与对方照片之间凝视的情意，倾诉的对话，其实是抹去了实际存在或远方实存的不在场，是实际存在或远方实存消逝的痕迹，是可以移动、传输、播散的"拟像"。在空间上迅速趋近，但又不是邻近，不是亲近。这首诗也因此而成为一种"消逝的美学"的见证。[1]

## 第四节　速度与社会生活

陈宝琛《自吉隆车行至威雷斯雷近八百里》云："掠眼林岩最眩人，一亭一堠几由旬？此行算与云争路，昨夜新烦雨洗尘。"[2]晚清诗人一开始似尚未掌握"全景视角"的技巧，即在高速行驶的过程中不要盯着离自己最近的路旁和近景，而要向远处看。所以无怪乎老诗人陈宝琛要被一晃而过的树木与岩石晃晕了眼睛。

不过，即使是远看，即使是全景视角，高速旅行所见到的风景也已与传统大异其趣。斌椿《至埃及国都（即麦西国地名改罗）初乘火轮车》云："云驰电掣疾于梭，十日邮程一刹那。回望远峰如退鹢，近看村舍似流波。千重山岭穿腰去，百里川原瞥眼过。共说使星天上至，乘槎真欲泛银河。"[3]《四月三十日夜瞒者斯（都北大镇）登车，次早即至伦敦，计程六百里》云："初闻风啸声，俄顷似飞箭。前车如兔脱，

---

[1] 保罗·维利里奥：《消失的美学》，杨凯麟译，河南大学出版社，2018，第65页。

[2] 陈宝琛：《沧趣楼诗文集》，刘永翔、许全胜校点，第88页。

[3] 斌椿：《海国胜游草》，第163页。

后乘亦鱼贯。……有时过村镇,灯火似奔电。……瞬息六百程,飞仙应我羡。"[①]两首诗都写火车风驰电掣,遥隔两地的空间距离被速度迅速克服;由于人类感官和地球重力的作用,人们往往先感知到上下前后左右,然后再感知早前和稍晚,也就是说,在"自然"条件下,是空间更先于、更重要于时间,但在加速度的现代条件下,如斌椿的诗题和诗句所云,"一刹那""次早即至""瞬息"等表示的时间感知,也已驾空间感知而上之。更恰切地说,是一般所熟悉的空间-距离、时间-距离为速度-距离所取代。而这种速度-距离也让人们的时空感知发生变化和重组。如斌椿在疾驰的火车上不仅感知到百里川原,瞥眼而过,而且感知到连看风景的方式与所看到的风景都发生了变化:"有时过村镇,灯火似奔电",夜晚村镇的灯火在高速中像连成一片的闪电一掠而过;

十九世纪的蒸汽机车

---

[①] 斌椿:《海国胜游草》,第168页。

第三章　晚清海外诗的"速度美学"

"回望远峰如退鹢，近看村舍似流波"，即使在白昼，远处的山峰迅速飞离像水鸟一般消逝为一点，较近的村舍也像连绵翻滚的波浪而看不清每个单独个体的浪花。

女诗人单士厘在日本作《庚子秋津田老者约夫子偕予同游金泽及横须贺》诗亦云："汽车倏已迈，所见迅而略。"① 速度以"迅"和"略"模糊了人眼早已习惯分辨的细节，也从而抹杀了传统意义上的风景。但速度也获得了作为"运动画面"的风景，获得了迅速从不同角度、不同位置观照所得的风景。如康有为乘汽舟游览瑞典斯德哥尔摩国家公园，赋诗三首，其一云："瑞典公园奇丽绝，海波都会互回环。金银宫阙排云里，缥渺楼亭出世间。岛外有湖湖外岛，山中为市市中山。独登高塔苍茫顾，烟雨迷蒙天上闲。"② 汽舟的高速穿行让眼前的大海、山峰、都市、岛屿与湖泊都统统失去了固定的空间定位，所以大海、山峰与都市可以互相回环，彼此切换，岛屿与湖泊也是我中有你，你中有我；追寻的美景取代了美景的追寻，叠加的共时影像的异质性接续了单一风景的同质性，连续打开的新奇陌生的画面不断更新着美景的表象。

速度不仅缩减了空间、时间，改变了风景，渗透于日常社会生活，连以前所完全陌生的微观世界也不例外。斌椿在出使途中第一次透过显微镜观看，作《有滴水于玻璃，用显微镜照影壁上，见蝎虫千百，游走其中，滴醋亦然。蚤虱大于车轮，毫发粗于巨蟒。奇观也》诗云："野马窗前飞，醯鸡瓮中舞。照壁见蝎行，乡心动一缕。君看一粒粟，世界

---

① 单士厘：《受兹室诗稿》，陈鸿祥校点，第26页。
② 康有为《瑞典京士多贡之思闲慎公圍，据岛为之，大数里，环湖波，绕以楼亭，电灯万亿，百戏纷纭，光景奇绝，为地球公园第一》，康有为著，上海市文物保管委员会文献研究部编：《万木草堂诗集》，第193页。

115

现须弥。有国称蛮触,庄生岂我欺。"①诗句描写万虫飞舞的一滴水、一滴醋的世界,惊叹莫名,但突然插进一句"乡心动一缕",殊不可解,直到结句"庄生岂我欺"才令人恍然领悟到,唯有借助于庄子的寓言世界,才能使眼前这高速运动的微观世界有眼见为实之感。好比当一束花摆放到一些失神患者跟前要求他们素描时,他们不仅会画出花,而且还可能画出将花插入花瓶的人与花被采摘的花圃,他们只有重新黏合前后顺序,校准它们的轮廓才能在所看到的与所没看到的事物之间达成一种等同,并有所发明或重建,以获得"纵横全场"的逼真性、完整性。②面对高速移动难以定位的显微世界,有些慌乱失神的斌椿情急之下想起庄子寓言,也勉强为自己找到一个观察、联系的支点。

不过,晚清诗人惊异于在异国他乡所历的速度世界,都情不自禁联想到祖国及其传统,但很多情况下又与斌椿联想到庄子截然不同。康有为在西班牙看到哥伦布向国王、王后进献美洲地图的画像以及三人的棺木,曾赋诗云:"时有畸人科仑布,怀策十上人莫徇。女王受图赏识频,万国交通指掌纹,政学艺俗皆更新。汽船铁轨缠地脉,欧美秾华郁彬彬。余波荡入东洋滨,饮水思源此三君。"③高度评价哥伦布的地理大发现,正是在哥伦布之后,借助于轮船、铁路,万国交通,"余波荡入东洋滨",包括中国在内的世界各地才都被连接在一起。而在美国纽约,康有为乘汽舟夜泛哈得孙河,缅怀汽舟发明人富尔顿在这

---

① 斌椿:《海国胜游草》,第175页。

② 维利里奥:《消失的美学》,第81页。

③ 康有为《筛非道中,见班后以沙伯拉受科仑布献美洲地图像。及游其古寺,见班始王非难第一与女王以沙伯拉结婚图,及其两棺,及科仑布棺,以四校金冕绿绣裳扛之。三人者,为欧土文明之导而余波及于大地者也,为赋长歌》,康有为著,上海市文物保管委员会文献研究部编:《万木草堂诗集》,第233页。

第三章 晚清海外诗的"速度美学"

条河上的首航:

> 罗马前人视飞鸟，后得指南针有方。上下百万年，大地冥墨寒绝各夜郎。政俗难测识，宝精各深藏。……自有福尔敦，遂缩大地若堂坊。波浪滔滔，夜灯弥山闪煜煌。百年世界大进化，万载无此大块新文章。我国祖冲之，造轮舟在南齐时。惜哉后世不继美，不然地球吾为主人基。福尔敦，尔何幸，吾感尔功，又叹吾华人失计之非。①

由美国发明家富尔顿发明的世界上第一艘蒸汽机轮船克莱蒙特号

表彰富尔顿自是题中应有之义，但最后话锋一转，联想到南北朝时

---

① 康有为《阅兵讫，夜乘汽舟自哈顺河归纽约，月色微茫，此福尔敦创汽舟首行之地，夜阑看月，感赋》，康有为著，上海市文物保管委员会文献研究部编：《万木草堂诗集》，第212页。

## 出瀛海：晚清诗人的海外观察与体验

期制造轮舟的祖冲之，遗憾祖氏轮舟未曾推广开来，否则今日领先和主导世界的当是中国。祖冲之轮舟与富尔顿汽舟固不可同日而语，况现代性乃政治、经济、文化等各方面协调配合之系统工程，非富尔顿汽舟所能单一决定，但康有为误解之余，却也十分令人警醒地指出，加速度的现代性让世界连为一体，但全球范围内的加速度状况却严重不平衡，不平等，非西方国家和地区备感速度之焦虑，速度之压力，甚至速度之暴力。首先是不少晚清诗人都对世界主要大国特别是美国、日本的崛起之速留下深刻印象。但以康梁为例，康有为《巡览美国毕，还登落机山顶，放歌七十韵》云：

> 统观大地开辟皆甚迟，无有若美之速攫。仗剑草创数郡土，辟莱顺成万里国。盖从机器备文明，更赖铁轨缩地岳。一通汽车四十年，万里山河野蛮成神仙。农家楼阁丹青靓，工人士女衣带鲜。……自从北购亚拉士驾，富庶雄大无伦边。地势东西凭两海，亚欧交通左右便。我惊开辟进化骤，时哉时哉华盛顿林肯之生焉。①

梁启超《去国行》云："却读东史说东故，卅年前事将毋同！城狐社鼠积威福，王室蠢蠢如赘痈。浮云蔽日不可扫，坐令蝼蚁食应龙。可怜志士死社稷，前仆后起形影从。一夫敢射百决拾，水户萨长之间流血成川红。尔来明治新政耀大地，驾欧凌美气葱茏。"②不过三四十年光

---

① 康有为著，上海市文物保管委员会文献研究部编：《万木草堂诗集》，第218页。
② 梁启超撰，汪松涛编注：《梁启超诗词全注》，第14页。

景，美国、日本都似乎以汽车速度、火车速度实现国家富强，特别是日本，当年与中国一样被迫打开国门，但现在与中国不一样的是其明治维新快速取得成功。这些又都反过来给晚清诗人以巨大刺激，引发焦虑与压力。梁启超在日本作《爱国歌四章》云："君不见英日区区三岛尚崛起，况乃堂矞我中华。""君不见竭来欧北天骄骤进化，宁容久屈吾文明！""汉唐凿孔县西域，欧亚抟陆地天通。……君不见博望定远芳踪已千古，时哉后起吾英雄。"①"欧北天骄"即俄罗斯，近代有所谓彼得大帝改革。诗人满心期望中国也能像美日俄等国那样快速崛起，快速富强，甚至梦想这一天能在忽然之间降临。

康有为《睹荷兰京博物院古今制船式长歌》云："嗟哉谁为海王图，铁舰乃是中国魂。何当忽见铁舰五百艘，黄龙旗荡四海春。呜呼安得眼前突兀五百舰，横绝天池殖我民。"②即使在遭遇无数挫折后终于认识到国家崛起与富强决非一朝一夕、一蹴而就之事，但仍然要求投身竞争，不断加速，永不止息。梁启超《举国皆我敌》云："眇躯独立世界上，挑战四万万群盲。一役罢战复他役，文明无尽兮竞争无时停。"③与前引梁氏《志未酬》一诗同一基调。

世界上所有国家和地区都不能自外于加速度的现代性。晚清诗人身处异邦，耳闻目睹，为祖国备感焦虑。但他们同时也自觉不自觉地跳出一己之外，把祖国和人民与其他处境相似的国家、人民一起放到全球加速度发展的不平衡、不平等格局之中，作同情的理解、愤怒的抨击。斌椿《黑人谣（阿非利加洲内多黑人，轮船火舱雇用数十人以司火）》

---

①梁启超撰，汪松涛编注：《梁启超诗词全注》，第104—105页。
②康有为著，上海市文物保管委员会文献研究部编：《万木草堂诗集》，第199页。
③梁启超撰，汪松涛编注：《梁启超诗词全注》，第92页。

云："山苍苍，海茫茫，阿非利加洲境长；黑人肌肉黝如墨，啾啾跳跃嬉炎荒。冰蚕不知寒，火鼠不畏热；黑人受直佣舟中，敢向洪炉当火烈。洪炉烈火金铁镕，赤身岂怯光焰红？临阵冲锋称敢死，食人之禄能输忠。吁嗟乎！蹈汤赴火亦不怨，其形虽恶心可赞，愿以此为臣子劝。"[1]斌椿囿于封建士大夫传统思想的主观局限，只在轮船机房顶着酷热辛勤工作的黑人身上看到身为臣属的忠诚，但在客观上他也揭示出，即使是维持以一艘轮船为中心的速度体系的有效运转，也是以非洲落后地区黑人劳工的血汗为代价的。

相比于斌椿的局限，黄遵宪在《八月十五夜太平洋舟中望月作歌》一诗中，则较为自觉地对同船归来的华人劳工表示同情："此外同舟下床客，梦中暂免供人役。沉沉千蚁趋黑甜，交臂横肱睡狼藉。"[2]华人劳工在美国西部筑铁路，淘金矿，也许只有在劳累的沉睡中才能暂免被奴役。康有为亦曾作《游墨西哥》一诗，诗前小序云："汽车中人备五色，亦诡奇之异观矣，风化杂沓皆守旧也。"诗中有句云："黄红白种久相杂，美法班争亦有年。""政俗喜能摹美国，道涂楼观望飞惊。"[3]寥寥数语，更在斌椿、黄遵宪之上，写尽发展速度的参差不齐及其背后的速度暴力：一方面是各方面速度领先的美国、法国、西班牙等国对速度落后的国家和地区如墨西哥的争夺、控制与盘剥；另一方面是在墨西哥国内，拜加速度的现代性所赐，世界各地的移民五色杂处，引进了美国政制与文化，发展了汽车交通，但社会习俗与思维习惯等不能同步跟上，同步协调，因此到头来还是纷争不休，甚至战祸连绵。墨

---

[1] 斌椿：《天外归帆草》，第192—193页。
[2] 黄遵宪著，陈铮编：《黄遵宪全集》上，第110—111页。
[3] 康有为著，上海市文物保管委员会文献研究部编：《万木草堂诗集》，第221页。

第三章　晚清海外诗的"速度美学"

西哥又何尝不是加速度世界不平衡、不平等的一个缩影？

最后，还有速度社会本身的内在逻辑所必然导致的风险。康有为《纽约街顶有汽车倒下，死十三人，伤五十余人，吾在他车，幸免》诗云：

> 闹街之广十丈旋，闹街之人蚁行联。电车如织破道穿，人避不及肉糜酸。肉糜碾飞廿余里，闻者伤心为掩鼻。乃穿穴道地中行，又架铁桥天上至。铁桥高跨闹街上，高者四丈卑二丈。广狭无定与高同，美东大市日隆隆。遍市瓦面汽车通，玻窗藤几坐玲珑。直驰疾驱如走风，俯瞰市道如云中。楼阁塵市人民车马拥如蜂，乐哉驰骤破天功。欧洲此制初发蒙，今日纽约闻警钟。车行太疾轨脱缝，飞坠于地险无穷。死人十三血肉融，伤者五十折臂胸。闻之惊极心忡忡，我虽不坐此车中。昔者频坐顾盼雄，乃知乐极苦必从。或今

十九世纪初的美国纽约街头

车制未精工,幸其改良少险凶。人世何敢不冒险,且以救国尤考终。嗟尔汽车殉难者,车制不良惨遭逢。①

纽约公共电车街头喋血,于是造立交桥而上之,但公交电车又自立交桥坠落,康氏这回以为是电车质量问题,只需要改进车制即可,这是他的狭隘之见。但他并未把这件街头悲剧仅看作一场车祸,而是将电车、隧道、铁桥、立交桥及奔走忙碌的人群、蜂拥繁华的闹市等等错综起来观察和思考,却又是他卓有识见之处。二十世纪初的美国纽约,既是高度发展的速度社会,也是风险社会的滥觞;速度带来了种种便利甚至先发优势,但也带来了无时不有、无处不在的风险,说不定在何时何地就会爆发。这是加速度更出人意料的代价。

## 第五节 速度与自我

康有为《锡兰乘孖摩拉巨舰往欧洲,新睹巨制,目为耸然》云:"楼观四五层,俯临沧波澹。惊飞上云表,鹏翼九天鉴。其长六十丈,洞廓宵深堑。千室以容客,弘廓尤泛滥。重过一万吨,结构森惨澹。巨浪拍如山,邈若虮蜉撼。……眼前突兀见此船,海不扬波无险探。"写了第一次目睹巨轮的错愕,但康氏多年后补作的诗末自注云:"越六年己酉六月,自伦敦再乘此船还,则见此船卑小,画设皆恶,船则犹是,

①康有为著,上海市文物保管委员会文献研究部编:《万木草堂诗集》,第211页。

第三章 晚清海外诗的"速度美学"

吾见大非，盖六年久游欧美，心目化之，非复故我矣。"①速度的现代设施、体制和观念改变了晚清诗人与客观世界、微观世界以及与他人、社会生活、时间空间的关系，最终也改变了诗人作为自我的主体世界与主体形式。

第一次目睹巨舰的康有为看似错愕，但他清楚描绘了巨轮的高度、长度、吨位、外观、结构以及在海中航行的想象，坚信如此巨轮一定不会被海风巨浪干扰而偏离自己的航向与航线。就像何如璋1877年（丁丑）《使东杂咏》开篇第二首诗及诗末自注所云："舟出吴淞望戢山，前头花岛又湾环。飞轮日夜真千里，弱水何愁径渡难。""十月廿三日午，始由吴淞口展轮，罗针指东南。申正见大戢山，针转正东。戌初过花岛，针指东兼北一字，泛大洋海。"②在适当的时间和地点调整航向和航线，在加速度的现代性初期，何如璋、康有为等虽深受震撼，但还能像所乘的巨轮一样，构建起有较为清晰的方向与意义的诗歌世界与生活世界。哪怕在六年之后康有为再度乘坐同一艘轮班，发现当年的巨轮变得卑小，各种设施也变得陈旧，但这些变化依然可以被整合、讲述为一个有时间先后、有历史进程的线性叙事或故事。

不过，随着康有为在世界各地游历更多，卷入加速度的世界变化程度更深，其自我的叙事与叙事方式也发生了变化。如《巴黎登汽球歌》云：

　　超超乎我今白日上青天，杳杳乎俯视地上山与川。身轻浩荡入云雾，脚底奇特耸峰峦。巍楼峻宇如蚁穴，车驰马跃似蚁旋。千尺

---

① 康有为著，上海市文物保管委员会文献研究部编：《万木草堂诗集》，第175页。
② 何如璋著，吴振清、吴裕贤编校整理：《何如璋集》，第3页。

**出瀛海：晚清诗人的海外观察与体验**

铁塔宇内高第一，下览若插尖笔端。大道荡荡转羊肠，幺幺牌坊拿破仑。青绿邱壑大如掌，乃是卅里袤伦大公园。巴黎天下大都会，百万户口饶风烟。人民城郭数历历，回风飘我天上船。渺渺青霄游惝恍，不知是何世界何川原。德英罗马俱幂幂，埃及突厥何圈豚。或者已渡东亚海，临睨禹域为清然。或者以我恶浊世，突出诸天之外焉。诸天世界多乐土，一星一界何般繁。礼乐文章皆特别，七宝绚烂生妙莲。音声有树乐自发，其论微妙入神颠。其俗大同无争斗，其世太平人圣贤。神漿饮罢颜色好，香积食既善见宣。但有喜乐不哀愁，长寿无量亿万千。①

1878年，法国工程师亨利·吉法尔用热气球航拍巴黎

---

① 康有为著，上海市文物保管委员会文献研究部编：《万木草堂诗集》，第189—190页。

## 第三章 晚清海外诗的"速度美学"

白日上青天原本只是古代梦想，但今日凭借气球得以实现，从高空俯视一切都因视角倒转而变换，甚至变幻。起初在巴黎上空，虽然高低错落，所见一律变小，但还分得清楼宇车马，分得清埃菲尔铁塔和拿破仑牌坊，但随着越飘越高，越飘越远，康氏竟一度恍惚，天宇茫茫，不知身系何处，只能根据既有的一些地理知识，推想可能已向北飞临英国，或者向东南飞临德国、意大利、埃及，或者东经土耳其，越过了中国大陆飞抵东海，或者竟至于飞向九天之外，极乐世界……康氏乘坐气球犹如当年看到巨轮一样错愕，但又岂止错愕，甚且错乱，换言之，起初还算条理的线性叙事已在不知不觉之间变成失去方向与确定之感的狂乱叙事。

康氏的天空也就是黄遵宪的茫茫海洋，黄氏《海行杂感》云："家书琐屑写从头，身在茫茫一叶舟。纸尾只填某日发，计程难说到何州。"[①]末句用白居易怀念元稹"忽忆故人天际去，计程今日到梁州"的典故，但尚未失去方向感、确定感的元白，与在浩瀚太平洋之上任意东西——不辨东西的黄遵宪，恰也可以类比例示康有为在从《锡兰乘孖摩拉巨舰往欧洲，新睹巨制，目为耸然》到《巴黎登汽球歌》的变化，以及在《巴黎登汽球歌》中的前后变化。

这种在海上和空中失去方向感、确定感的迷茫，表现在晚清海外诗人的日常生活中，则是与自我的感觉和认同本应密切相关的各种行动、经验及社会关系的急剧变化；诗人的所有抉择，所有认识的人，所有发生的事，所有经历的行动时刻和体验时刻，所有对自己人生的可能描述，都似乎与诗人之间失去了必要的历史性、特殊性和属己性，诗人已不太能够随心顺手地在这一切之间建立逻辑关联，将这些作为背景或素

---

[①] 黄遵宪著，陈铮编：《黄遵宪全集》上，第106页。

材自然而然地消化吸收到自我感觉的建构和人生故事的讲述之中。

如王韬作为英国汉学家的助手被邀请到伦敦,一居四年,汉学家及其画家女儿对他不能说不热情,但他不懂英文,似总与周遭一切格格难入。驱车与汉学家一家外出游览,作《游伦伯灵园》诗云:"山灵出奇为娱悦,令以文字相雕镌。我乡岂无好山水,乃来远域穷搜研。"①前后转折竟突兀如此。又作《自题小象》二首,第一首首句云:"九万沧溟掷此身,谁怜海外一逋臣。"第二首尾句云:"可怜独立苍茫里,抚卷聊看现在身。"②始终在异域作孤独的自我凝视。收到国内寄来的江湜(字弢叔)诗集是他少有的开颜时刻,其《读江弢叔伏敔堂集即书其后寄潘茂才》诗云:"平生服膺惟坡谷,昌黎子美我其师。江君诗派宗四家,四家笔以一手持。"③将江湜置于杜甫、韩愈、苏轼、黄庭坚以来的诗歌传统,不仅如此,王韬还写到江湜是其父亲的门生,比自己年长十岁;父亲去世后,家里穷困潦倒,江湜还曾从外地专程赶来看望

十九世纪的伦敦街头

---

①王韬著,陈玉兰校点:《王韬诗集》,第132页。
②同上书,第128页。
③同上书,第127页。

自己……诗人下笔不能自休，似乎只有谈论起这一切，才能从英国破碎的生活、封闭的自我之中走出来，构建起一个久违了的自己熟悉、依恋的完整世界。

另一位诗人潘飞声，当年曾远赴德国担任汉语教师，三年后离德返国，作《七月十一日出柏林城林（定浩）昆（特尔）戈（龄）三生送至推灵恩口占久别》云："诸生爱我最情真，相送轮车出去津。万里云山成远别，三年讲舍亦前因。重逢载酒知何日，回前谈经尚怆神。握手依依留一语，莫忘异域共尊亲。"①教了三年的学生一个个离别而去。《地中海登舟作》云："只有欧罗山送我，海潮东下是归情。"②事实上离别就是永别，在加速度的现代性社会，每个人都似乎必须在心里生长出一个"丢弃结构"，今后纵然有师生之间彼此回忆得起的偶然，但也不复能产生共鸣。王韬、潘飞声在海外居留数年，更多的晚清诗人则是来去匆匆，他们对交往之人、交接之事的印象，更只能像潘乃光在圣彼得堡出席那场雪夜宴会时所写的那样："须知此会不易得，千金仅许买一刻。沙团星聚几何时，他年回首隔西北。"

王韬、潘飞声、潘乃光等所写还是与他人之间的种种情事，而康有为笔下的家人家事，则更加令人情何以堪。1908年4月，康氏连续作诗两首，一首《同薇女久别五年，婿麦仲华曼宣与同璧女亦别经年，吾旧有一家骨肉三洲地之句，今同薇偕婿曼宣来瑞，璧以暑假亦来瑞，而吾乃将鬻宅也。夜来漪涛歌舞，以佐饮酒，聊以穷欢而慰别。又将分张，不胜离合之感也》云："绝域飘零久别离，湖山买宅绿涟漪。画堂秉烛围炉夜，红毯清歌妙舞时。聚散悲欢聊复尔，坏空成住更安之。三洲

---

① 潘飞声著，穆易校点：《天外归槎录》，第132页。
② 同上书，第137页。

数载重相见，穷夜清娱且勿辞。"①另一首《次夜饯曼宣行，兼送薇、璧，酒酣听歌，呜咽不终而散》云："昨宵团雪今先散，他日明湖有后思。人去楼空将舍宅，强为欢会只伤离。"②相见时难别亦难，分散在世界三大洲的家人短暂会聚之后又将分离，康氏"团雪先散"的譬喻比潘乃光的"沙团星聚"或许团聚更易，但一旦消散却是更惊心更神伤。加速度让自我失去与社会事物的黏性，一般只留下家人作为可依附的核心，但在康有为这里，连家人也无法相随参与和融合到诗人的生命当中；自己是谁，自己是如何感觉的，甚至家人也无法感知与沟通；自我的多方之游历、频接之人事看起来五彩缤纷，大大饱和，大大超载，但另一方面，自我也就这样一天天被放空，一次次被耗尽。

家人离散一直让康氏低徊难已，其后又作《二月花朝夕，红海看月出风翻。昔有"一家骨肉三洲地"之句，久佚此诗，补作之。今亦一家分住亚、美、非也》云："亡人久作丧家狗，烈士拚来吊客蝇。惨淡风云经几变，转移天地愧无能。一身骨肉三洲土，十载飘零百劫僧。红海吹波上明月，御风九万欲飞腾。"③此刻康氏如果真能御风飞腾，他也一定是写《巴黎登汽球歌》的那个早已在空中迷失方向的自我；而诗中自我描写的三洲离散、十载飘零的百劫之"僧"形象，也在康氏诗里再三出现，如《到坡买三迁舍馆，自丹容加东迁东陵，由东陵复还淡申律憩园。自四月夏徂冬，自坡而港，由港而西贡，后复还坡。追旧感今而赋》云："突默席暖亦何曾，浮海居夷已不胜。天地只为行旅馆，岁时常作打包僧。多情怀旧谁能免，着意开新我尚能。道里经过五十万，应

---

① 康有为著，上海市文物保管委员会文献研究部编：《万木草堂诗集》，第248页。
② 同上书，第248—249页。
③ 同上书，第273页。

第三章　晚清海外诗的"速度美学"

无所住任腾腾。"①席不暇暖，天地逆旅，应无所住，百劫行僧，这些传统成语或佛教语典，也随着康有为在全球各地不停奔走、往复奔走的自我感受与形象而被赋予了现代新义。

不停奔走，往复奔走，加速度的现代性也不断煽动和激发起人们快了还要更快，只能加速不能减速更不能停下来的自我欲望。王以宣《法京纪事诗》写巴黎"轻气球"云："飞车巧制夺天工，自在游行薄太空。不料气球轻举处，扶摇人趁大王风。""飞车"已经够快，不料气球还要更快，但王氏犹未厌足，其诗末自注云："他日讲求尽善，推而至于千里万里，更驾火轮车船而上之，岂不快乎！"②马君武居德作《劳登谷独居》云："海枯生物化新土，石烂流金结幻晶。几处青山息喷火，百年赤道有流冰。不须终日忧人事，且值阳春听鸟声。如使气船竟成就，孑身辟地适金星。"③大地万机流转，日新月异而永无止境，如果有一天"气船"造成，则更要乘着它远飞金星。

黄遵宪《今别离四首》更有三首谈及这种快上加快的自我欲望，反复重言。第一首写车船之速，送别者尚未转返，远行者已在天边，但结尾忽作奇想："去矣一何速，归定留滞不？所愿君归时，快乘轻气球。"④期望远行者归来之时要乘比车船更快的气球。第二首写两人之间凭书信、电报交流，电报虽然字数太少，而且几经转译，不是对方手书，但比起漫长无期的书信要快得太多，当然电报再快也有不能弥补的缺憾，于是诗的结句云："一息不相闻，使我容颜悴。安得如电光，一

---

① 康有为著，上海市文物保管委员会文献研究部编：《万木草堂诗集》，第308页。
② 王以宣：《法京纪事诗》，第61页。
③ 马君武撰，熊柱、李高南校注：《马君武诗稿校注》，第99页。
④ 黄遵宪著，陈铮编：《黄遵宪全集》上，第121页。

闪至君旁。"①要化身快过电报的电光，亲身闪现到对方跟前。第三首写意外接到对方寄来的照片，这要比书信、电报等抽象的文字交流具象、亲切得多，还可以不时拿出来仔细端详，甚至在心里默默对话，但情到深处，仍嫌别恨无穷："对面不解语，若隔山万重。自非梦来往，密意何由通。"②期望越过万水千山，借助更加直接快捷的梦境而重逢。

黄遵宪（中立者）与日本友人合影

如此不断加速的要求，构成所谓"速度循环"，人们前后比较，彼此刺激，最终仿佛踏上了一个巨大的转轮，被不断加快的速度也被不断加快的心念所挟持，欲脱身而不得，只能随那无形但能量巨大的转轮旋转，自我也就这样离心而出。所以竟至于可以说，晚清诗人越来越快地将过去、将他人、将家人、将自己抛在身后，一方面固然有各种情非得已的原因，但另一方面又未尝不可以说这是加速度的现代性沉淀在他们

---

①黄遵宪著，陈铮编：《黄遵宪全集》上，第121页。
②同上书，第122页。

第三章　晚清海外诗的"速度美学"

隐微幽深的内心的无意识愿望。而在这愿望的鞭子不停地抽打下，人们每每想象自己被要求满足社会对自己的期待，满足国家、民族对自己的期待，以及满足自己对自己的期待；这些期待层层加码，往往不能满足，至少不能很快满足，于是又产生了怨恨的自我，内疚的自我，甚至负罪的自我。

如梁启超《若海赋长句二章呈南海先生，先生依韵属和，余亦继声》（其二）云："遵道昆仑最上头，哀鸣鸿鹄欲何求？静观人我成双遣，醉抚河山动百忧。唱叹尚闻清庙瑟，黎元侧望济川舟。九州水阔兼天远，吾道何时得少休？"[1]多年流亡海外，为"九州"和"黎元"奔走，但速度不快，效果不彰，那哀鸣、静观的"鸿鹄"恰是满怀怨恨、内疚和负罪之感的诗人自我所幻化出来的另一个自我，在警醒自己不要被加速度的现代性要求甩在后面。就这样一个自我要求快了还要更快，另一个自我往往紧跟不上；发展到今天，就是所谓"必须越跑越快，才能够待在原地"的加速度悖谬。[2]

对于加速度的技术革命，晚清诗人当然无缘得见超音速飞机、火箭和宇宙飞船，也无缘得见互联网、掌上通讯、器官移植和基因编辑，但这也恰恰表明，加速度的时代非但没有过去，反而愈演愈烈。今日极度加速度的社会甚至对我们如何定义"人"都带来了挑战。晚清诗人当年从自我、时间、空间及社会生活等方面对加速度时代敏锐的诗学观察、反思与呈现，也依然可以成为我们理解今日极度加速度社会的一个重要起点。

---

[1]梁启超撰，汪松涛编注：《梁启超诗词全注》，第360页。
[2]参阅罗萨：《新异化的诞生：社会加速批判理论大纲》，第102页。

## 第四章

# 晚清海外诗的"海洋现代性"

## 第一节　古典诗的新冒险

虽然有漫长的海岸线，但中国在传统意义上是一个大陆国家。在漫长的历史时期中，海洋不是国家关注的重点，有时更被视为威胁，需要实行"海禁"加以防御。海洋也不是文学写作的主要对象，现存以海洋为题材的作品，大多是古人从江河湖溪的经验出发，偶然所作的虚构与想象的作品。

简单考察一下古代诗人与诗评家有关洞庭湖的写作与评论就颇有代表性。刘长卿《岳阳馆中望洞庭湖》云："叠浪浮元气，中流没太阳。"杜甫《登岳阳楼》云："吴楚东南坼，乾坤日夜浮。"纪昀评论云："'叠浪'二句似海诗，不似洞庭；工部'乾坤日夜浮'句，亦似海诗，赖'吴楚'句清出洞庭耳。"[①]杜甫写眼前的洞庭湖夸张过甚，刘长卿犹有过之，但纪昀在评论里拿来与洞庭湖做对比的"海"，实际上也只是其意念之物，即使退一步说河北献县籍的纪昀见过渤海、黄海，但太平洋、印度洋一定匪所思存。孟浩然《望洞庭湖赠张丞相》也是名篇，其前四句云："八月湖水平，涵虚混太清。气蒸云梦泽，波撼岳阳城。"陆贻典评论云："只'含（涵）虚混太清'一句，洞庭湖正面已完。三、四不得不推借'云梦''岳阳'，以'气蒸''波动

---

[①] 方回选评，李庆甲集评校点：《瀛奎律髓汇评》，上海古籍出版社，2005年，第5页。

第四章　晚清海外诗的"海洋现代性"

（撼）'四字形容之也。"[①]陆氏指出古代作家特别是诗人习惯运用神话传说和典故，或者追求含蓄效果，不太从正面对洞庭湖进行直接的写实描写。

从这些例子可见，对于江河湖瀑这类规模浩大、声势撼人的对象的描写，古代作家即使写惯了小河溪流，都似乎难以做到得心应手，像枚乘《七发》中的广陵观潮，李白诗中的长江之流、黄河之水、庐山之瀑，连同杜甫、刘长卿、孟浩然所写的洞庭湖，都往往具有依赖夸张想象和缺乏写实描写这两个特点。江河湖瀑如此，海洋更不必说，从庄子望洋兴叹，曹操观沧海，木华《海赋》，苏轼、陆游、文天祥、归有光、张煌言的海洋诗、海战诗[②]，直至清代中期小说《镜花缘》，古代作家笔下的海洋也是出于心脑想象的多，出于直接观察描写的少，至多是在东海、南海等沿海海域描写和抒发所见的景象与观感。因此，要论即目所见的写实功夫与境界，还是要到以小河溪流为题材内容的诗文里去找，如山水田园诗和柳宗元《永州八记》之类的作品。

古代作家应该说并没有创作与表现海洋的动力和压力，因为这些毕竟不是在日常生活中必须时时相对与感知的对象。但自鸦片战争以还，不以人们的意愿为转移，来自海上的船坚炮利让中国打开国门，海洋也第一次大规模大范围地激发起无数国人的好奇、想象与迷茫。而随着晚清时代越来越多的国人"出洋"，长达数月甚至一年半载的海上旅行，短期或长期的海外生活经历，更让人们与海洋有了朝夕相处的机会，对海洋有了切身的体验和认识。

---

[①] 方回选评，李庆甲集评校点：《瀛奎律髓汇评》，第5页。
[②] 参阅颜智英：《宋诗海洋书写研究》，台湾万卷楼出版社，2016年；颜智英：《中国海战诗学发展探论——南宋至南明的考察》，《南海学刊》，2016年第1期。

135

晚清海外诗就是这些迷茫、好奇以及切身体验和认识的一部分。诚如梁启超《二十世纪太平洋歌》所云："太平洋，太平洋！大风泱泱，大潮滂滂。张肺歙地地出没，喷沫冲天天低昂。气吞欧墨者八九，况乃区区列国谁界疆！异哉似此大物隐匿万千载，禹经亥步无能详。"[①]这是古典诗在平缓而漫长的历史发展中罕见敞开的巨人挑战和机遇，也是古典诗人在真实、陌生而无边无际的海洋上的勇敢进击和冒险。

其实，相比陆地，海洋本身就代表着冒险和传奇。这也是西方近代以来海洋文学的基本主题。虽然有奥德修斯及史诗《奥德赛》作为西方文学史的开端，但西方海洋文学也是在哥伦布等揭开航海时代的序幕以后才开始走向繁盛。而在文类体裁和主题方面，西方近代海洋文学倒是与《奥德赛》多有传承，体裁是承史诗而来的小说，主题是与史诗英雄奥德赛相近相似的航海冒险。除荷马史诗以外，前现代时期传奇文学中的"航海传奇"也是近代海洋小说的前驱。《奥德赛》与航海传奇的场景是近乎魔幻的航海世界，主角总是与超自然的力量为敌，并以此来考验自己。

近代海洋小说从《鲁滨孙漂流记》开始，其主角也与各种危险斗争：致命的风暴、堡礁、静风、坏血病、船只失事、荒无人烟的海岸、鲨鱼、巨鲸、哗变、海战、土人、食人族、海盗等等，他们经历了种种冒险，而很多小说径直在标题中使用"冒险"这个词，也是为了强调这一点。即使法国小说家凡尔纳将海洋小说改变为像《海底两万里》这样的科幻小说，但冒险的文体性质没有改变，海洋依旧被设定为传奇、科幻，甚至展示航海技艺的舞台。这些海洋小说主要追求一种不受各种社会制度与道德束缚的行动自由，海洋取代了陆地的乡村、草地、森林和

---

① 梁启超撰，汪松涛编注：《梁启超诗词全注》，第43页。

街道，只有广漠的海平面与遥远的地平线在无限延伸和铺展。也就是说，在这些作品中涌动着一种力量，它不是走入城市和封闭的向心力，而是突破已知世界的边缘而不断向外伸展的动力，比如，海洋小说的情节总是在结尾之际进一步展望"新旅程中新奇事件"的"新故事"[①]。

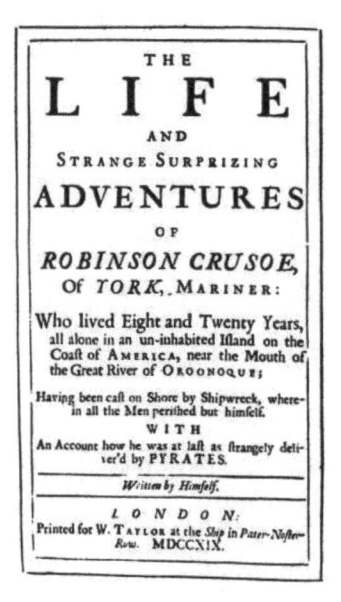

1719年伦敦出版的《鲁滨孙漂流记》卷首插图

晚清海外诗比西方海洋小说的登场晚了两个世纪左右，但它也属于航海时代以后克服地理、民族与国家界限的海洋文学的一部分。它也与海外游记、日记、笔记等散文形式一起，成为晚清作家表现海洋的主要形式。这是与西方以海洋小说为主要形式有所不同的。而如果以西方海洋小说和传统古典诗歌为参照系，晚清海外诗的特点也便比较明显地呈现出来。一方面，它不再像传统诗歌那样，对于江河湖瀑与海洋，只以夸张与想象的手法及典故来表现，而是乘着舰船真实行驶在波澜巨浪之中，或者站在异国港口真实的岩礁和土地上，以写实的笔法和风格书写

---

①参阅科恩著，陈橙等译：《小说与海洋》，上海译文出版社，2018年。

即目所见、此身所历的真情实感。另一方面，它也不表现西方海洋小说式的自由冒险和传奇，或者说，它表现不同于西方海洋小说的冒险和传奇。海洋以其自身的浩瀚、动荡与不可度量成为中国古人心中不稳定的象征，附丽于海洋之上的各种物质形态、制度形式、观念态度，甚至日常生活方式，对于来自大陆的晚清诗人来说也是令人不安的差异性存在。

在这个差异性他者激扰之下，晚清诗人习惯于围绕固定中心和固有模式的思维观念发生了动摇，千百年来所生活所熟悉的"大陆"以及凝聚在"大陆"之上比较稳定和信靠的国家、民族观念、时空认识、生活感知、政治社会治理方式等也须要重新观照和反思。晚清海外诗是大陆与海洋之间、古代与现代之间、中国与异国特别是西方之间互为他者激烈碰撞的记录，所以，即使它是以相对写实的笔法和风格写就的，它也因题材、观念等原因而从里到外浸染和流露出传统诗歌所欠缺的冒险性和传奇性。晚清诗人穿越海洋，走向世界，让诗歌连同他们的眼界和精神一起得到现代风潮的洗礼，让诗人连同他们身后的民族、国家、文化一起经受与其他民族、国家、文化的比较、衡量，甚至冲突。这是晚清海外诗独特的"海洋现代性"。同时，因为中心的动摇与缺失，参照系的更替和扩大，晚清诗人也像汪洋大海中的一艘孤独的舰船一

1871年巴黎出版的《海底两万里》卷首插图

般，陷入更深更广的"迷茫"。这是"海洋现代性"的两面。

## 第二节 热眼向洋与"大陆—海洋"的认知图景

1866年斌椿率团出访俄罗斯等欧洲十多国后作诗总结云："追历五重洋，海岸始登彼。"第一句后附有其自注："余由东、南洋历印度、西洋、北洋，凡大洋五"，自述一路经过了东海、南海、印度洋、大西洋、北冰洋后在法国港口马赛登岸。[1]其实不止五洋，他还经过了红海、地中海、波罗的海。斌椿是清廷最早派出的使臣之一，这也标志着海洋真正进入了中国使臣和诗人的视野。

海浪、海岛、海风、悬崖、火山，甚至海上的日月起落，海洋首先以不同于大陆的各种自然风貌和特点，吸引了诗人的好奇心和注意力。如丘逢甲写南海夜空的月亮云："天上之月海底明，上下两月齐晶莹。两月中间一舟走，飞轮碾海脆作玻璃声。"[2]写海上日出云："三更独起看日出，霞光万丈红当天。海风吹天力何劲，黄人捧日中天正。直将原始造化炉，铸出全球大金镜。……河山两戒南越门，群峰到海如云屯。地邻赤道热力大，日所照处知亲尊。"[3]诗人自觉海上的日出和月亮与陆上的不同，他也同时在诗里有意突出这一差异，关于海空之月，

---

[1] 斌椿《中秋差旋，寄弟子廉，兼寄杨简侯表弟、维雨楼甥四十韵》，斌椿：《天外归帆草》，第202页。

[2] 丘逢甲《七洲洋看月放歌》，丘逢甲著，丘铸昌校点：《岭云海日楼诗钞》，第163页。

[3] 丘逢甲《海中观日出歌由汕头抵香港作》，同上书，第403—404页。

丘氏以为即使李白、杜甫也无缘亲睹："茫茫海水镕作银，着我飞楼缥缈独立之吟身。少陵太白看月不到处，今宵都付渡海寻诗人。"①关于观日，广东罗浮山已是难得一见的胜景，但日出海上的壮丽加上对地球绕日运行原理的新理解，又远非陆地所可比拟："罗浮看日夸绝奇，裹粮夜半遇之。自从海道轮四达，屡见沐浴光咸池。迂儒见不出海表，苦信地大日轮小。安知力摄万星球，更着中间地球绕。"②丘逢甲写海上看月观日，将海上的新观感与陆地上已有的经验相对照，将两者的差异呈现出来，同时也以海洋的观感大大扩展了陆地的经验。

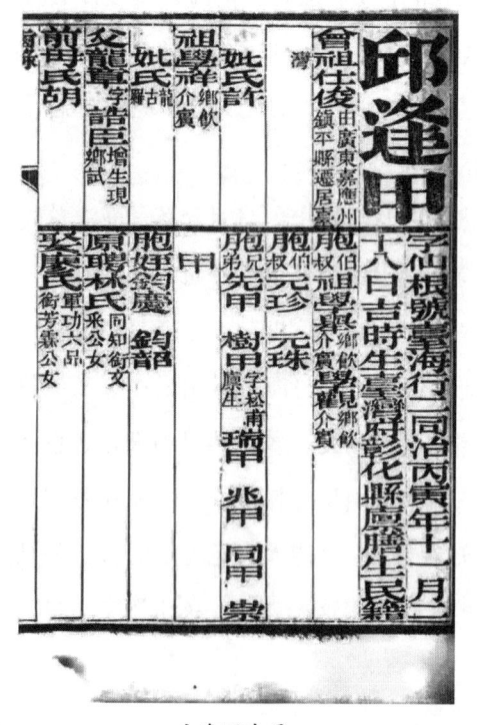

丘逢甲齿录

丘逢甲这两首诗，可以说代表着晚清诗人在海洋的巨大冲击下呈现"大陆—海洋"认知图景的一个基本模式。如潘乃光《在科伦布□轮修机器将逾旬日，幸维舟处架一长堤，每日巨浪轰击，释意钱塘观潮庐山观瀑无此大观，诗以纪之》云："怒马奔腾千万匹，峻阪当前难为力。……白如匹练横长空，飞花滚雪荡漾中。长如水帘喷石际，跳珠碎玉类游戏。岂惟有色复有声，伐金击鼓渊渊鸣。万丈惊涛此遏

---

① 丘逢甲《七洲洋看月放歌》，丘逢甲著，丘铸昌校点：《岭云海日楼诗钞》，第162页。
② 丘逢甲《海中观日出歌由汕头抵香港作》，同上书，第403页。

抑，海若为之心不平。不舍昼夜心何苦，横动直突隅负虎。神龙天矫未敢前，内堤泊舟渐安堵。是何力量殊沉雄，直以智巧夺天工。"①写印度洋冲击岸堤的滔天巨浪与天人搏击，但正如诗题所云，诗人对海浪巨观的认知是以钱塘观潮、庐山观瀑为基础并最终凌驾于后两者之上的。

再如诗人杨圻在海上目睹和描写了一场火山爆发，其《爪哇火山诗》云："但见烟与海，六合一混茫。紫云忽割裂，一线悬光芒。千峰坐巨浸，大火发中央。晔晔结天柱，奇彩拂银潢。周山三百里，海上夜炫熿。"等到太阳升起，阳光与火山交相辉映，场景更是摄人心魄："赤轮水底起，煮海若沸汤。宇宙乃太明，历落见八荒。火日相荡摩，四射作剑芒。……若有圣人出，烛照临万方。于物无不受，诙荡开明堂。我读山海经，考证嗟未遑。"②本来，火山不像日月，关于后者的诗有着十分丰厚的传统累积，而《爪哇火山诗》是古典诗与火山的初次相遇，杨圻也以出色的写实诗句写出了火山在古典诗里前所未见的奇观，但在诗的结尾，对于日光火光，诗人联想到光临大地的圣人与《山海经》，又把海洋奇观拉回到大陆上熟悉的古代传说中来。

斌椿、张荫桓等人不约而同写到夜航印度洋所目睹的神秘现象。张荫桓《十月二十七夜印度洋书所见》云："黑云列障天漫漫，万星忽向中流攒。双轮激水碎如火，金光灿熳生奇观。或云此水近赤道，琉璜热气蒸其间。轮铁碾磨精焰出，起伏闪烁随波澜。二丈以外辄无睹，蝇头细书能就看。或云骊龙戏珠沫，坐令穷海成宝山。岂徒照乘振奇来，迸射昏昧森芒寒。……此中光怪亦泡幻，绝域从来多险艰。"③轮船的螺

---

① 潘乃光撰，李寅生、杨经华校注：《榕阴草堂诗草校注》，第487页。
② 杨圻著，马卫中、潘虹校点：《江山万里楼诗钞》，第50—51页。
③ 张荫桓著，孔繁文、任青整理：《张荫桓集》，中华书局，2012，第130页。

张荫桓

旋桨在水中旋转，激起的不是寻常所见的水花，而是火花，在夜晚黑暗的洋面上格外炫目。诗人结合船上的各种议论给出半科学半神话的解释，而到底如何解释其实并不确定，也不重要，重要的是对神秘现象的诗的呈现，以及这种现象对船人特别是诗人认知方面所带来的暂时短路。就像诗的结尾两句所说，"此中光怪亦泡幻，绝域从来多险艰"，海洋绝域的光怪与泡幻，是之前在大陆上未曾经历的，也因此而不能以大陆的经验为基础加以似曾相识的理解。这可以说是海洋对人们在认知方面一直延续下来的大陆惯习的新挑战，也代表着晚清诗人对于"大陆—海洋"认知图景的第二种模式。

而同样是印度洋上的神秘现象，斌椿以如下诗题加以描述：《二十七日夜半，星辰皎然，海面忽有光，如地上积雪，万里一色，舟人咸异之。汲起谛视，清沏无所见；置暗处，有亮光密如丝，皆不解其故》。相形之下，诗本身倒无甚特色："兹行印度洋，佛光照震旦。忽见黑水中，明澈大千遍。舟人竟不解，我乃望洋叹；妙谛悟楞严，顷刻毫发见。一灯然百千，大智破昏暗。"[①]诗人就地取材，尝试以佛教解释，但最终还是诗题里所说，"不解其故"。海洋悬置和颠覆了陆地上的固有认知，有着自身难以理解的存在之谜。

---

① 斌椿：《天外归帆草》，第194页。

## 第四章　晚清海外诗的"海洋现代性"

在晚清诗人中，康有为或许是海外足迹最广、横渡大洋次数最多的诗人。其《地中海歌》云：

> 浩浩乎沸渭灏渺哉，地中海激浪之雄风。君士但丁那部之颈延其西，直布罗陀之峡口于东。西与黑海相接，东与大西洋相通。南则非亚沙漠回抱若拱璧，北为欧洲山陆槎枒若蚕丛。中开天池万余里，洪涛浩演无不容。扬帆激舰可四达，罗马伸股据其中。南边椭圆如半规，非亚列国凭险雄。东边万岛相错落，希腊文明于此作。亚居海港汉既繁互，亚德亚狄海湾长如谷壑。高卢西班牙以为西北屏，埃及阿拉伯以为东南郭。巴比伦亚述之发生，实藉海波灌先觉。

康有为似乎一手拿着地图，一手指着眼前所见之景象，以赋家之心手写四方空间之辽阔，上下时间之千年，惊异于地中海及其周边独特的地理形势："全球但见海环地，岂有万里大海在地中之恢奇。"甚至脱出地球，放眼太阳系："不知木土火球地，似此海者有几希。"①他一一指认地中海周边的国家和地区，越是精细和清晰，却也似乎越是难掩要把眼前的历史地理整理、转换为心智中的认知地图确乎不易。康有为另有一首诗写大西洋近北极处的冰山："冰海凝寒横北极，积雪万里大地白。仲夏冻气渐销释，轰然迸解如天裂。光怪各成峰峦出，块磊海波互击啮。……疑是共工摧不周，天柱散坠半段折。或是蓬莱分左股，浮来海西自飘撇。"②冰山与火山一样是古代诗文难得处理的题材，康

---

① 康有为著，上海市文物保管委员会文献研究部编：《万木草堂诗集》，第176—177页。
② 康有为《四月朔，乘船渡大西洋近北极，晓见二冰山高百丈，自北冰海流来者，船人倾视，诚瑰玮大观也》，同上书，第103页。

143

有为也像杨圻一样援引古代共工、蓬莱的神话传说帮助理解矗立于眼前的瑰玮奇观。

显然，在晚清海外诗所呈现的"大陆—海洋"的认知图景中，康有为《地中海歌》属于第二种模式，写大西洋近北极冰山属于第一种模式。而随着游历增多，眼界更广，晚清诗人也在不断拓展对于大陆、海洋之间关系认知的新面向、新模式。康有为《泛那威寻北冰海，纵观山水，维舟七日，极海山之大观》云："盛夏冰海开，汽舟乃纵行。衣影吸其绿，万碧浸波澄。舟穿众岛中，奇怪争逢迎。辟道如江湖，忘在海中经。"①乘高速汽舟在北冰洋的万岛之间穿行，已分不清哪里是岛屿，哪里是海洋，甚至因为一座又一座岛屿的切割，海洋也似乎成了江湖。就像同样乘汽舟游览瑞典斯德哥尔摩国家公园："瑞典公园奇丽绝，海波都会互回环。金银宫阙排云里，缥缈林亭出世间。岛外有湖湖外岛，山中为市市中山。"②大海、山峰、都市、岛屿与湖泊都失去了固定的空间定位，大海、山峰与都市互相回环，可以彼此切换，岛屿与湖泊也是我中有你，你中有我。

在此，晚清诗人对于大陆与海洋之间关系的认知发生了新变化。诗人接受和习惯了大陆的经验与文化，海洋作为差异性的存在闯入，无论是从扩展陆地经验，还是从挑战陆地经验的角度看，海洋都是一个相对来说"之外"的差异。但康有为等人在北欧、北冰洋的游历经验表明，海洋不是"之外"，而是与陆地交错、融合在一起，难以区分实际上也不必区分是陆地在海洋之中，还是海洋在陆地之中。康有为曾五渡大

---

① 康有为著，上海市文物保管委员会文献研究部编：《万木草堂诗集》，第250页。
② 康有为《瑞典京士多贡之思闲慎公圃，据岛为之，大数里，环湖波，绕以楼亭，电灯万亿，百戏纷纭，光景奇绝，为地球公园第一》三首其一，同上书，第193页。

西洋，四渡苏伊士运河。在四渡苏伊士时康氏有诗云："大瀛海水忽横流，小九州通大九州。别有文明开世界，竟由新法破鸿沟。……我作《大同书》已竟，待看一统合寰球。"[1]晚清诗人走向海外、走向大洋，最终发现，以全球的眼光看，海洋与陆地是互为差异而互为依存的。这是超越了第一和第二种模式的新模式。

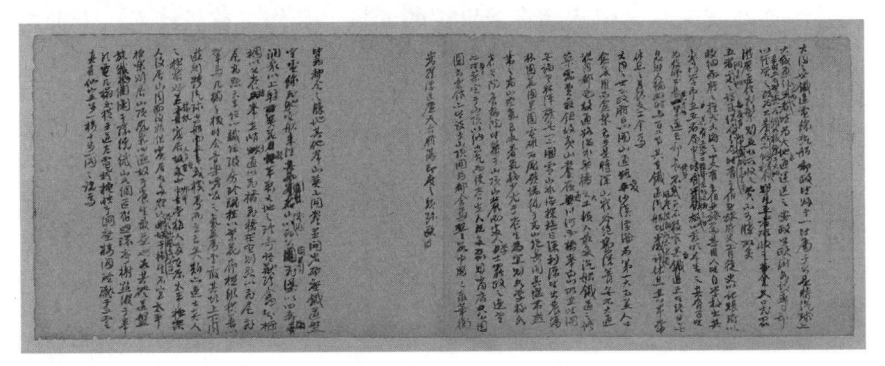

康有为《大同书》手稿

## 第三节　古今演变与"传统—现代"的差异反思

历史的交替时刻，特别是世纪之交往往令人感时动情，心绪难平。梁启超在从日本横渡太平洋赴美的船上，作《壮别二十六首》，其中第二十五首云："极目览八荒，淋漓几战场。虎皮蒙鬼蜮，龙血混玄黄。世纪开新幕，风潮集远洋。欲闲闲未得，横槊数兴亡。"[2]他特别标注

---

[1] 康有为《乙酉六月自欧归，过苏彝士河，感怀两戒，俯念万年，吾亦四度过此，倦游息辙，将述作矣》，康有为著，上海市文物保管委员会文献研究部编：《万木草堂诗集》，第286页。

[2] 梁启超撰，汪松涛编注：《梁启超诗词全注》，第31页。

145

这组诗作于1899年12月27日,"去二十世纪仅三日";并且在"风潮集远洋"句后自注云:"泰西人呼太平洋为远洋。作者今日所居之舟,来日所在之洋,即二十世纪第一大战场也。"在茫茫太平洋上,诗人自然联想到故国,无论情愿与否,即使已经是一个迟来者,也不可避免要迎接和面对海洋新世纪的挑战。

组诗意犹未尽,梁启超在新世纪的元旦,又作一首长诗《二十世纪太平洋歌》,诗云:"蓦然忽想今夕何夕地何地?乃是新旧二世纪之界线,东西两半球之中央。不自我先不我后,置身世界第一关键之津梁。"其实,梁启超这里很可能不是"蓦然"想到,而是连续数日为这个特殊的时刻、特殊的地点而激动并期待。特别是身处茫茫太平洋之上,诗人面对所谓"大洋文明"时代:

> 咄哉世界之外复有新世界,造化乃尔神秘藏。阁龙归去举国狂,帝者挟帜民赢粮。谈瀛海客多于鲫,芥土倏变华严场。揭来大洋文明时代始萌蘖,亘五世纪堂哉皇。其时西洋权力渐夺西海席,

*梁启超《欧洲战役史论》手稿*

两岸新市星罗棋布气焰长虹长。世界风潮至此忽大变，天地异色神鬼瞠。轮船铁路电线瞬千里，缩地疑有鸿秘方。四大自由塞宙合，奴性销为日月光。悬崖转石欲止不得止，愈竞愈剧愈接愈厉卒使五洲同一堂。

"阁龙"即哥伦布。在梁启超看来，自从哥伦布航海大发现以来，世界开始进入大洋文明时代，从此借助于轮船、铁路和电报、电话，"五洲同一堂"，而在此过程中，北大西洋两岸的国家和地区逐渐成为领先甚至支配世界的中心：

吁嗟乎！今日民族帝国主义正跋扈，俎肉者弱食者强。英狮俄鹫东西帝，两虎不斗群兽殃。后起人种日耳曼，国有余口无余粮。欲求尾闾今未得，挤使大索殊皇皇。亦有门罗主义北美合众国，潜龙起蛰神采扬。西吞古巴东菲岛，中有夏威八点烟微茫。太平洋变里湖水，遂取武库廉奠伤。矗尔日本亦出定，座客卿否费商量。我寻风潮所自起，有主之者吾弗详。物竞天择势必至，不优则劣兮不兴则亡。

这个由北大西洋两岸强权主宰的世界，信奉适者生存，优胜劣汰，实际上盛行着与自然界相似的丛林法则。梁启超也相应以居于自然界食物链顶端的动物、猛禽来比拟这些强权国家，如英国是"狮"，俄国是"鹫"。其中美国最为特殊，虽是后起的强权，却如恶龙一般摆脱潜伏的状态，以北美为中心四处出击，不断殖民征服，最终将太平洋变成了恣肆一己霸权的"内湖"。东邻日本竟也成为这个时代的强权中的一员。

147

在长诗里，梁启超对这个"大洋文明"时代极尽摹写，实际上是要将之与此前的"海内文明"及"河流文明"构成鲜明的对照。梁启超在刚好进入二十世纪的太平洋这一特殊的时空节点上，从纵横两方面观照人类在地球上生息繁衍数千年的历史，较系统地提出他关于人类发展三阶段的看法。"大洋文明"是第三阶段，而第一阶段是梁启超所谓"河流文明"时代。"恒河郁壮殑迦长，扬子水碧黄河黄，尼罗一岁一泛滥，姚台蜿蜿双龙翔。水哉水哉厥利乃尔溥，浸濯暗黑扬晶光。"古人逐河而居，巴比伦、埃及、中国、印度等世界几大古老文明虽相互之间未必有多少往来，但都分别孕育和诞生在两河流域及尼罗河、恒河、黄河、长江等几条重要的河流之畔。第二阶段是"海内文明"时代。"就中北辰星拱地中海，葱葱郁郁腾光芒。环岸大小都会数百计，积气渺渺盘中央。""波罗的与亚剌伯，西域两极遥相望。亚东黄渤壮以阔，亚西尾闾身毒洋（印度洋）。"在这一时代，以几大傍海而兴的区域为代表，如黄海、渤海沿岸的中国及地中海、印度洋沿岸国家最为繁盛。

很显然，在梁启超所划分的三个阶段里，前两个阶段中国都一直居于主动和优胜的地位，但在第三个阶段却被动和衰落，甚至成为遭到欺凌和侵略的对象。这种不同文明之间的古今演变与今昔对比，才是刺激和感发梁启超在茫茫太平洋上忧愤交集、慷慨赋诗的主要原因。在这首长诗的结尾，梁启超写道：

噫嚱吁！太平洋，太平洋！君之面兮锦绣壤，君之背兮修罗场。海电兮既没，舰队兮愈张。西伯利亚兮，铁路卒业；巴拿马峡兮，运河通航。尔时太平洋中二十世纪之天地，悲剧喜剧壮剧惨剧齐䩊鞺。吾曹生此岂非福，饱看世界一度两度兮沧桑。沧桑兮沧桑，转绿兮回黄。我有同胞兮四万五千万，岂其束手兮待僵！招国

## 第四章 晚清海外诗的"海洋现代性"

魂兮何方？大风泱泱兮大潮滂滂。吾闻海国民族思想高尚以活泼，吾欲我同胞兮御风以翔，吾欲我同胞兮破浪以飏！①

诗人对自己的国家、民族寄寓着再现昔日荣光的无限希望！

梁启超对世界历史三个阶段的划分以及对包括中国在内的各种文明类型古今演变的观察，其实也是同时期很多海外诗人的共同体察。潘乃光在埃及港口城市塞得港（波赛）作《波赛行》云："论议不出六合外，眼界虽新终不大。水程数万走波斯，光怪陆离好都会。气涵山海薄苍穹，沐日浴月无始终。群岛到此一结束，蓬蓬日上出地中。亚细亚洲峙其东，阿非利加发其蒙。欧洲后起日雄长，人事日起天无功。"②在离开故国，穿越南海、印度洋、红海抵达塞得港这一亚非欧三洲交汇之地之后，潘乃光也仿佛一下子先后跨越了梁启超所谓"河流文明""海内文明""大洋文明"的河流与海洋，领略到欧洲的"后起""雄长"。

不过，梁启超虽清醒地认识到世界历史的三阶段发展，但他的情感却有时滞后，宁愿停留于第一、第二阶段而不愿向第三阶段发展。其

梁启超书法

---

① 《二十世纪太平洋歌》诗句，梁启超撰，汪松涛编注：《梁启超诗词全注》，第42—44页。

② 潘乃光撰，李寅生、杨经华校注：《榕阴草堂诗草校注》，第492页。

《除夕前二日,横断地中海而西,舟行一来复,〈后汉书·西域传〉中之西海,即其地也》一诗云:"三洲所拱环,兹海实地肺。累累史中迹,吐纳供一噫。惜哉甘英葸,竟返临津涘。不然或此间,分我回旋地。"[①]他以为地中海即《后汉书·西域传》中所谓"西海",进而竟认为当年甘英出使大秦(罗马帝国),如果不是他只到波斯湾而止,一径向西,则中国势力或许今日可达地中海沿岸。

而像梁启超这般理智与情感的不相谐调并非个例,黄遵宪、康有为等人在诗作中也有所体现。黄遵宪《海行杂感》云:"稗瀛大海善谈天,艸女童男远学仙。倘遂乘桴更东去,地球早辟二千年。"[②]黄遵宪在茫茫海途中将中国人的航海史追溯到秦朝的徐福,但随之遗憾传说中的徐福只航行到东瀛日本,如果他不止于此,继续一路向东,那很可能不待大航海时代的欧洲人,中国人早在两千年前就会发现地球是圆的,进而沟通东西,实现四海一家。人在纽约的康有为,在哈得孙河上目睹了美国发明家富尔顿所制造的汽船高速度航行之后,也赋诗云:"自有福尔敦,遂缩大地若堂坊。波浪滔滔,夜灯弥山闪煜煌。百年世界大进化,万载无此大块新文章。我国祖冲之,造轮舟在南齐时。惜哉后世不继美,不然地球吾为主人基。福尔敦,尔何幸,吾感尔功,又叹吾华人失计之非。"[③]康有为此处表彰富尔顿的创新发明能以迅捷的速度克服距离的漫漫阻隔,但继而将话题和联想转移到南朝齐代的著名数学家、发明家祖冲之,认为祖冲之当年发明轮舟,只可惜未曾在后世进一步推

---

①梁启超撰,汪松涛编注:《梁启超诗词全注》,第454页。
②黄遵宪著,陈铮编:《黄遵宪全集》上,第106页。
③康有为《阅兵讫,夜乘汽舟自哈顺河归纽约,月色微茫,此福尔敦创汽舟首行之地,夜阑看月,感赋》,康有为著,上海市文物保管委员会文献研究部编:《万木草堂诗集》,第212页。

第四章　晚清海外诗的"海洋现代性"

广开来，否则现在就不会在纽约哈得孙河岸，徒然艳羡富尔顿的汽船了。

梁启超、黄遵宪、康有为都不约而同地遗憾像甘英、徐福、祖冲之之类的中国古人没有将当年的创举、创新进行到底，他们当然不是不知道古今不同、传统与现代不同、东方的过去与西方的现代不同。当年甘英到达波斯湾后即使果真继续向西，徐福到了日本之后即使继续向东，祖冲之的轮舟发明即使在后世果真得到推广应用，充其量也只是偶然改写了个别历史事件的无足轻重的结果，根本不可能将古老的中国造就为像现代列强那样以科技领先世界的国家。梁启超、黄遵宪、康有为在当年的国人中都是首先睁眼看世界的先进分子，他们之所以在诗歌里就有关古人抒发如此看似不通世务、昧于大势的议论与感慨，实际上是出于与潘乃光等一样的由今昔对比、强弱易位所激荡而起的内心不平，他们所抒发的同样是出自内心的美好愿望！虽是假设之词，但假如假设能够是真的，今天就大可不必抚今追昔，痛心疾首，那又该多么好啊！

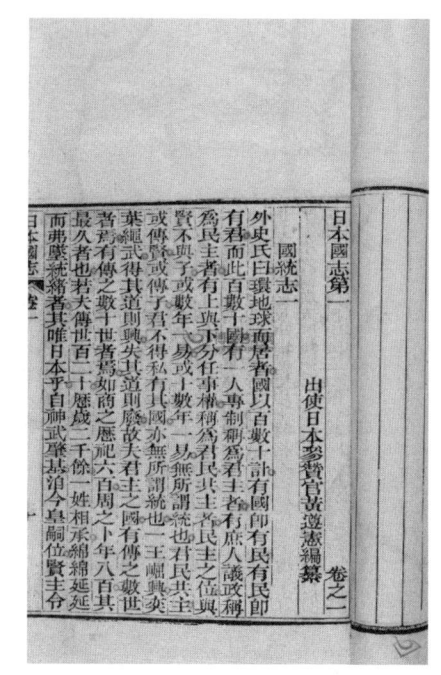

黄遵宪《日本国志》书影

梁启超、黄遵宪、康有为等诗人在海外流宕多年，固然创作了不少类似以上追念溯及甘英、徐福、祖冲之等古人的诗作，看似让情感淹没了理性，但另一方面，他们的更多诗作则是将在海外多年的所见所闻积淀为内心深婉的沉思与反思。其中，又以康有为最为典型。对于梁启超在《二十世纪太平洋歌》里所提出的文明古今演变、古今差异的深层原因，康有为都在诗里做了多方面、多角度的冷静探讨。如在《九月二十二重泛大西洋甲辰》一诗里，康有为写道："不知大地何年凝成壳，不知西洋何年洼成窝。冰海之北冰山裂，南流渐成洪涛多。尔来百千万亿岁，渺无片帆只舰一经过。人世绝不相通，惟有鲸吞鲛，舞斗鼋鼍。日出月没星辰焖，雪山映照碧浪槎。若非冒险科仑布，十万里新大陆今犹莽榛柯。野人盘踞狌狸舞，岂睹文明繁盛之国家。"①

　　康有为在茫茫大西洋上运用当时先进的地质学、地理学知识，结合对地球及大西洋、北冰洋的"大历史"追问，将哥伦布（科仑布）地理大发现看作地球历史与人类历史的古今分界线，认为只有这一事件才打破了地球"百千万亿岁"以来的地理阻隔，使世界开始成为互联互通的一体。这是与梁启超在《二十世纪太平洋歌》里以为哥伦布（阁龙）航海开启"大洋时代"的看法相一致的。

　　康有为同时不把哥伦布航海看成孤立的事件，这件划时代事件固然有哥伦布个人冒险性格等方面的原因，但也离不开西班牙王室等的政治支持。康有为在西班牙看到描写当时哥伦布向西班牙国王、王后敬献美洲地图及国王、王后当年结婚大典等场面的画作，看到国王、王后及哥伦布的棺木，认为这三人"为欧土文明之导而余波及于大地者也"，为赋长诗，中有句云："欧洲昔何有，万侯战垒血在手。侯为劫贼拥女而醉酒，民如奴隶牛马而柴瘦。人不识字如鹿豕，日闻干戈而骇走。稍能教人惟寺僧，人人迷信纳钱而泥首。""班王非难英武伸，以沙伯拉女真人。""时有畸人科仑布，怀策十上人莫徇。女王受图赏识频，万国交通指掌纹，政学艺俗皆更新。汽船铁路缠地脉，欧美秾华郁彬彬。余

---

① 康有为著，上海市文物保管委员会文献研究部编：《万木草堂诗集》，第203页。

第四章　晚清海外诗的"海洋现代性"

波荡入东洋滨，饮水思源此三君。"[①]认为航海的成功是从国王、王后到哥伦布上下一体共同努力的结果。在苏格兰爱丁堡，康有为又缅怀蒸汽机的改良者瓦特（华忒）：

  汽机创自英华忒，水火相推自生力。汽船铁轨自飞驰，缩地通天难推测。万千制造师用之，卷翻天地先创极。汽机制器日日新，凡十九万五千式。力比人马三十倍，进化神速可例识。穷山野人地铺毯，琉璃作杯潋滟碧。云际峰峦辟园囿，转车骤上无顷刻。我今周游全地球，足迹踏遍卅余国。文野诡奇尽见之，吾华前哲无此福。游苏格兰见公像，惟公赐我生感激。巧奇造化代天工，制新世界真大德。华忒生后世光华，华忒未生世暗塞。美哉神功在地球，

哥伦布与西班牙国王、王后

---

[①]康有为《筛非道中，见班后以沙伯拉受科仑布献美洲地图像。及游其古寺，见班始王非难第一与女王以沙伯拉结婚图，及其两棺，及科仑布棺，以四校金冕绿绣裳扛之。三人者，为欧土文明之导而余波及于大地者也，为赋长歌》，康有为著，上海市文物保管委员会文献研究部编：《万木草堂诗集》，第233页。

153

永永歌颂我心恻。①

康有为又将瓦特看成告别"古"之"暗塞"、迎来"今"之"光华"的划时代人物。而这样的划时代人物到底是西班牙国王、王后与哥伦布，还是瓦特，其实并不重要，重要的是康有为清楚地认识到现代与传统之间的根本性的差异与变化，同时这种差异、变化是由政治、科技创新等各方面因素综合作用的结果。

此外，与梁启超只指出"大洋文明"与"河流文明""海内文明"等三种古今不同的文明类型，康有为进而认为从"河流文明""海内文明"到"大洋文明"，其实还有着中西文明不同性质与特点的深层逻辑。在《游希腊毕，自雅典至歌林，过斯巴达，出可孚北出海，感赋》一诗里，康有为追溯和聚焦到希腊：

> 希腊号文明，其先起海寇。海王宓那思，盗据海波溜。虏人为之奴，劫物归为囿。渐富徙居陆，营商雄邻右。有攻者尤强，走海无畏漏。后来得雅典，文治渐发展。埃及巴比伦，旁搜得文献。拓海军舰多，开山金矿显。制作日有新，富乐更无伦。雕墙而峻宇，好女而敬神。妙画与艳曲，娓娓佳诗文。至今遗剧场，坐客四万人。是时无圣法，尚美乐云云。海波睹滟滟，欢谑俗所欣。金星千女祝，大会无遮春。歌林发遗屋，砖石有遗芬。登斯巴达冈，怒石生崩云。粗豪乱山走，宜其武勇纷。从来盗有道，得物分必均。是起平民权，公帑久公分。公事公议之，国会遂为根。惟其蕞尔岛，

---

① 康有为《游苏格兰京噎颠堡，见创汽机者华式像，感颂神功，不可忘也》，康有为著，上海市文物保管委员会文献研究部编：《万木草堂诗集》，第201—202页。

## 第四章　晚清海外诗的"海洋现代性"

平等难独尊。惟其海为家，知识日增新。惟其波浩荡，尚美且乐群。谐嬉好歌舞，欢喜而慈仁。始盗中为商，末成舰队军。终以富乐名，从来海岛民。腓尼基先驱，匪尼士继闻。诺曼亦海盗，大尼入英伦。哥伦布寻海，班葡遍寰巡。荷兰以商创，海利亦大伸。强英起三岛，绝陆鲜兵氛。宪法是用诞，海霸权独吞。是皆由地形，孕育隐弥纶。若以得失较，终让大陆人。请观全希腊，终归于大秦。大陆我最大，愿起神州魂。[①]

康有为认为，希腊以海洋立国，以商业贸易立国，这实际上奠立了西方文明的"海""商"基因，后来的哥伦布航海大发现及葡萄牙、西班牙、荷兰、英国等近代欧美国家的崛起，以至形成梁启超所谓"大洋文明"的世界竞争与征服，都是当年希腊"海""商"基因的绵长延续。康有为还深入一层地看到，希腊和近代欧美国家的崛起，不仅得益于海洋贸易，还有与海洋贸易密切联系在一起的政治、经济、军事体制乃至民俗、心理，就像他不把哥伦布航海当成孤立事件看待，还要与西班牙王室政治联系起来考察一样。

在写土耳其的《突京》这首诗里，康有为就将反思之笔触带入眼前所见之情景："突京临三海，十万户相摩，……北近黑海口，白楼压盘陀。南出士担逋，列岛陈星罗。……山紫而水明，万国无以过。突人惜不治，芜秽付尘沙。市政既不举，民贫又不歌。粪壤壅衢道，卧犬不敢诃。假使欧人理，华严现婆娑。乱政安能久，立宪亦云何。所悲此都人，危邦终贻罹。"[②]伊斯坦布尔与希腊雅典一样都是濒海的古城，但

---

[①]康有为著，上海市文物保管委员会文献研究部编：《万木草堂诗集》，第259页。

[②]同上书，第262页。

在土耳其人治下一片破败，"假使欧人理，华严现婆娑"，康有为由此领悟到，海洋和商业固然重要，但还不是最主要的决定性因素。

十九世纪九十年代的伊斯坦布尔

康有为另一首《冰奇坡岛》写的也是土耳其距都城伊斯坦布尔百里左右一座小岛，诗的结句云："进与雅典同，失运嗟何诃。"[①]抒发与《突京》一诗相同的感受。应该说，康有为对于希腊精神及近代欧美的现代文明有着较敏锐、深刻的洞察与思考。但唯其如此，康有为也同时隐约看到这种文明的另一面。他在希腊地中海之旅中，曾将雅典与斯巴达对比，《游斯巴达》云：

乃知尚武国，贻后无可纪。有若蒙古雄，混一亚洲矣。试访其

---

① 康有为著，上海市文物保管委员会文献研究部编：《万木草堂诗集》，第262页。

## 第四章 晚清海外诗的"海洋现代性"

上都,文物何有视。斯巴达立国,民公养为子。男女皆枕戈,战伐为义理。用以小国霸,曾无乐术美。……吾昔慕尔豪,今来不仰企。吾哀突厥人,两眉锁不启。都城绝百戏,民但忧无喜。凡诸尚武国,人民无乐只。猗欤雅典俗,宜开欧美轨。今兹衍云来,五洲扬余旨。尚美为乐国,在彼不在此。①

认为斯巴达尚武好战,最后就像征战欧亚的蒙古一样,一时辉煌,但"文物何有视",最终连历史遗迹都没有留下多少,不比雅典;而把承雅典而来的近现代欧美与土耳其相比,也可看出后者尚武征战所带给民众的痛苦。康有为明显扬雅典式的文治而抑斯巴达式的武功,但深一层看,欧美本土可能的确"尚美为乐国",但这种结果同样也建立在对世界其他地区的尚武征战的基础之上!

康有为结束这次漫游,作诗《乙酉六月自欧归,过苏彝士河,感怀两戒,俯念万年,吾亦四度过此,倦游息辙,将述作矣》,诗云:"大瀛海水忽横流,小九州通大九州。别有文明开世界,竟由新法破鸿沟。素王道统张三世,黄帝神灵嗣万秋。我作《大同书》已竟,待看一统合寰球。"②康有为承认自哥伦布航海以来由西方率先开启了一个全新文明的时代,但同时认为欧美并不就是全世界的最终归宿、唯一归宿。他扬弃中国传统思想,特别是孔子思想,撰成《大同书》一书。他的替代方案是否合理、是否可行姑置勿论,重要的是他对当前的现状提出了自己的看法。

---

①康有为著,上海市文物保管委员会文献研究部编:《万木草堂诗集》,第260页。

②同上书,第286页。

## 第四节　东西交通与"中心—边缘"的跨越重构

斌椿从欧洲考察归来，途经新加坡，赋诗纪行，作诗《新嘉坡（本名息力，与麻六甲旧皆番部，属暹罗）洋艘过此皆停泊上薪水糗粮，乃东西洋必由之埠头，英人立炮台守之。地产五色禽鸟及大小猿猴，山多虎》，诗云："楼阁参差映夕阳，百年几度阅兴亡（始为葡、荷两国所据，今为英有）；龙涎虎迹愁行旅，何待闻猿始断肠。"[①]诗题、诗句

十九世纪末的新加坡街头

---

[①]斌椿：《天外归帆草》，第198—199页。

第四章 晚清海外诗的"海洋现代性"

以及诗中的注解都指明一个事实,即英国的殖民统治。这表现为两个特点,一是改变一个地区原有的隶属关系,一是通过对沿海重要战略位置的武力攫取与镇守,控制海洋和交通要冲,进而控制更多的地区和利益。新加坡作为扼守安达曼海与南海、沟通印度洋与太平洋的马六甲海峡的重要枢纽,从原来暹罗国(泰国古称)的属地,先后为葡萄牙、荷兰、英国所占据;弹丸一地所系所折射的,是近代东西交通以来数百年"中心—边缘"的易位变化。

斌椿看到英国在新加坡的身影,而从新加坡开始一路向西,晚清诗人都无不看到英国的身影。梁启超船经锡兰(斯里兰卡),其《楞伽岛》诗云:"尔来海通四百岁,螳雀递夺更三雄。城下盟成社终屋,虚号并靳山阳公。"①与斌椿笔下的新加坡相似,锡兰也在仅数百年间历经葡萄牙、荷兰的殖民统治,最终落入英国之手。康有为、马君武在不同时期先后途经阿拉伯半岛西南端的也门港口城市亚丁,马君武《自上海至玛赛途中得诗十首》之八云:"剑教摩诃末,屯兵英格伦。"②对于英军驻守于此印象特别深刻。康有为《泊亚丁》一诗叙议更详尽具体:

夕阳见亚丁,雄山据海角。峰峦簇嵯峨,铁色立若削。尖蠹皆火势,累累走楼阁。……斜地下走者,亦复成剑锷。……惟天设奇险,石势环荦确。红海此门户,强英先据攫。炮垒洞山腹,旌旗表苍漠。锡兰与坡港,遥遥相犄角。远将大印度,一网无遗落。尽握

---

① 梁启超撰,汪松涛编注:《梁启超诗词全注》,第447页。
② 马君武撰,熊柱、李高南校注:《马君武诗稿校注》,第86页。

海王权,张翼远其啄。嗟尔竞争世,海险无复获。①

康有为颇具国际地缘政治的战略眼光,不仅看到亚丁本身的地势与地理,还看到亚丁与锡兰、新加坡所组成的三角相掎阵形,此外他还运用了一个极具想象力的譬喻和意象:在浩瀚印度洋上,英国仿佛一只巨鹰,展开了一对长翼,并尽可能将其锋利的铁喙伸展至于极远之地。这就是所谓"尽握海王权"!而与之相对的,便是慨叹和惋惜,"嗟尔竞争世,海险无复获";"嗟尔"看起来是嗟叹除英国之外无力与之竞争海权的他国,但更多地还是嗟叹自己,嗟叹祖国!

从印度洋到红海、苏伊士运河、地中海,英国依然是无可回避的存在。潘飞声在苏伊士运河不仅写诗,还在诗作后自作注解:

(船主)言此河全为英国购得,征收船税,日有起色,而红海、地中海之管钥,实为英人司之。余计由亚洲以趋大西洋,沿海埔头俱为英所占据。自香港而外,曰新嘉坡、曰槟榔屿、曰锡兰、曰亚丁、曰马尔他、曰直布罗陀,皆建炮台,屯重兵,储煤蓄粮,为东来之逆旅。其富强甲于欧洲各国,有由来也。②

这和梁启超《欧游心影录》里记载自己行经直布罗陀海峡时的观察与感想是一致的:"过直布罗陀海峡,真是一夫当关,万夫莫开,西班牙自从失了这个地方,他的海权,便和英国办交代了。从上海到伦敦,

---

①康有为著,上海市文物保管委员会文献研究部编:《万木草堂诗集》,第175页。
②潘飞声著,穆易校点:《天外归槎录》,第138—139页。

## 第四章　晚清海外诗的"海洋现代性"

走了一个半月，巡了半边地球，看见的就只一个英国。唉！这天之骄子，从哪里得来呀！"在晚清海外诗人眼里，英国成为海权时代的一个象征，而所谓海权，在英国身上体现出来的，其实就是海上霸权：通过对重要海上要塞、港口与航线的控制，进而控制海洋，控制世界，确保自身所需的各种资源能通过海洋航线的血管得到源源不断供应，另一方面也对其他国家、地区，尤其是敌手的资源需要加以掣肘和限制。

犹有甚者，英国对于海上霸权的攫取与维护，在晚清诗人看来还不是过去完成时，而恰恰就是现在进行时。1918年底，梁启超通过苏伊士运河，其时英国刚与土耳其争夺控制权，其《苏彝士河》一诗云："天下仍多事，当关慎一夫。莫令形胜地，再见血模糊。"[①]另一首长题诗《己未正月五日渡直布罗陀海峡，地中海之西极也，南岸与摩洛哥之

十九世纪末的苏伊士运河

---

① 梁启超撰，汪松涛编注：《梁启超诗词全注》，第453页。

161

Ceuta相望，海幅仅十三里，旧为西班牙西塞，一七〇四年，英人与班人血战三年略取之，班人海权尽矣》，结句云："泱泱海王国，百川合臣仆。却忆皕年前，战骨高于屋。寸土争荣枯，吁嗟彼弱肉。"①无论是回溯历史还是直面现实，海上霸权历来是以血腥战争的累累白骨为代价而取得的，梁启超看透这一层，同时反思和呼吁在全球大洋时代，如果真是"泱泱海王国"，就不要以强凌弱，"再见血模糊"。

在此崇尚海权甚至一国独霸的时代格局下，晚清海外诗人自然也联想和涉及中国的有关现状与地位。在这些诗人中，杨圻与康有为最具代表性。杨圻令人印象深刻的是他对于南海的叹惋与沉思。他撰有长诗《哀南溟》，诗前长序云：

> 我国滇粤西南数千里外，有岛屿数十百，星罗棋布于烟波浩渺中，综之曰南洋群岛。考之地势则中国之门户，欧洲之孔道；考之史册则明以前少与中国通。近二十年，朝廷稍稍知国人多生聚兹土，商业特盛，始有保护华侨之命。初不知楼船横海，宰割鲸鲵，四百年中执南荒牛耳者，大有伟人在，徒以海禁未开，有司目为海盗，不以上闻，谓珠崖为可弃，等夜郎于化外，听其自兴自灭。至今日而卧榻之侧，龙盘虎踞，时机之失，可胜追哉？②

杨圻十分清醒地认识到南海作为"中国之门户，欧洲之孔道"的战略地位。在过去四百年，很多中国人从福建、广东等地"下南洋"，他们在当地扎根，凭借勤劳、智慧和勇敢，有的经商成功，有的甚至成为

---

① 梁启超撰，汪松涛编注：《梁启超诗词全注》，第456—457页。
② 杨圻著，马卫中、潘虹校点：《江山万里楼诗词钞》，第67页。

一方首领、一国之王，这也是杨圻最引以为自豪的，他进而因此十分痛惜清廷不仅疏于经略海疆，还对华侨尤其是华侨首领、国王不问不顾，把握不住与这些华侨首领、国王联手的大好机会，也由此带来了中国当前在南海的种种被动局面。

不过，杨圻没有认识到，南海与东南亚诸岛（"南洋群岛"）所具有的重要性，是在近代以来东西交通、全球一体时代才凸显出来的。特别是全球商业往来、商业繁荣对海洋、海运与海洋航道重要性的巨大催生作用。而在此时代，各国的海洋战略又取决于商业实力与综合国力。所以杨圻实际上与他所痛斥痛惜的清廷一样昧于世界海洋时代的大势，他所推崇的联络华侨首领、国王以实现在南海及东南亚延伸影响的策略，在新的海洋时代也必将是一厢情愿、与时代趋势大相脱节的想法和主张。不过，这种主观与客观、传统思路与近现代战略等等之间的落差，倒反而为诗人的言志抒情提供了意想不到的空间。其《哀南溟》诗云：

噫吁乎，郁郁葱葱何年王气来南方，开疆拓土势莫当？偶然足迹出八荒，男儿当为外国王。……轩辕子孙真龙种，虬髯自王佗自帝。磨刀割破沧溟水，快哉我取人所弃。目光熊熊烛宇宙，昂头天外攫土地。……可怜北户谁相劳，天限南风不能到。真定虚闻报汉书，西京犹下珠崖诏。眼朦水草动愁思，遗恨吞吴失此时。……中使频传载宝归，疆臣未识怀柔计。楼船白鸟自西来，金剑尘寒铁锁开。霸业寂寥何处问，渔樵踪迹水天哀。……古时瓯粤非吾类，一纸羁縻至今利。行色千金壮陆生，雄心百世惊刘季。①

---

① 杨圻著，马卫中、潘虹校点：《江山万里楼诗词钞》，第69—70页。

杨圻在诗里慨叹的，一如他在长序里所已经指出的，清廷白白坐失与华侨首领、国王一同携手的契机。诗人赞美南下华人的落地随俗，变被动为主动，在他乡异国建功立业。同时还将他推崇的联络华侨首领、国王的策略追溯到汉代以来中土统治者对于边疆地区的所谓怀柔、羁縻之策。诗人不是也不必是需要衡量其言行是否正确可行的政治家、战略家。诗人将近现代与古代之间、正走在维新之途中的古老中国与近现代世界之间的时空间隔与距离，变成了放任情感与想象不断驰骋往复、腾挪回旋的广阔空间；"真定虚闻报汉书，西京犹下珠崖诏。胭脂水草动愁思，遗恨吞吴失此时"。在二十世纪之初，诗人以漫长诗史中独树一帜的歌行体，在南海及南洋列岛之间的远航、漫游中寄寓自己新时代的家国情怀，将《长恨歌》《圆圆曲》式的缠绵哀怨与《燕歌行》《将进酒》式的苍茫雄奇冶于一炉，赋予歌行体这一艺术体式以古老而常新的艺术魅力。

在南洋谋生的华人

## 第四章　晚清海外诗的"海洋现代性"

这种将主观与客观、传统与近现代等等之间的落差，有意无意地转换和创造为诗歌抒情言志的空间，也发生在康有为的一些诗作之中。光绪乙巳年（1905年）十月，康有为作《巡览美国毕，还登落机山顶，放歌七十韵》，诗中回顾美国在华盛顿时代，不过只有大西洋沿岸的区区十三州，直到南北战争及以后的几十年，美国西部也还是荒无人烟、只有野猪出没的未开发之地。但随着移民拓荒，铁轨延伸，二十世纪之初的美国西部，已是一派繁荣景象："而今人居四十万户，画楼廿层耸云霞。罗生新辟十八载，公围华屋可惊嗟。……沿海数州皆腴壤，绿缛秀野铺桑麻。麦粉商估遍大地，以农富国机交加。"康有为进而放眼包括中国在内的世界各地的中心地区向边缘地区的渗透与扩张史：

  从来争内地，尺寸皆奇艰。一城流血以亿万，两雄互得守已殚。春秋晋楚争虎牢，三国六朝江淮间。欧洲中原千里土，千年战血流斑斑。直布罗陀与旅顺，英班俄日争几年。鲁卫宋郑盛文化，地居中原无由前。晋楚燕齐秦强大，处于四极易拓边。欧陆德法与意奥，千年雄争兵气缠。相吞相害千百里，凯歌高奏称霸尊。师丹焚杀数十万，所得有几何惨旃。拿破仑志一欧土，万战不就身窜国犹遍。岂若俄辟鲜卑地，英攫印度与加拿大焉。葡班地小迫于海，注意新地开最先。只今国弱地频削，散布全美皆其孙。万年英班必不灭，以种遍地皆根萌。古今国势可以鉴，勿争朝市弃荒原。

康有为认识到，以航海时代及工业革命为界线，之前的渗透、扩张比较艰难，速度慢，之后相对较易，速度快；之前主要集中在内陆地区的争夺，而内陆的争夺又分两种，一是对"朝市"即中心繁华地区的争夺，一是对"荒原"即边疆未开发土地的争夺，之后则是全球海洋时代

165

的跨洲越洋,借助于航海技术、机器文明,轮船无远弗届,火车朝发夕至,人类几乎把触角遍及地球的每一角落。这一时期最突出的反而是对"荒原"的争夺,而"荒原"也超越了原有的狭隘边疆的范畴,在欧亚大陆,是广袤的西伯利亚原野,在欧亚大陆之外,是欧人对美洲大陆的"发现"。今日美洲居民,大多是英国、葡萄牙、西班牙等的殖民后裔。

康有为十分感叹英国、葡萄牙、西班牙等国在全球海洋时代的殖民征服,以及美国的快速崛起,认为它们向美洲以及在美洲的扩展,要比拿破仑只在欧陆内部的征战更具深远的历史意义。"万年英班必不灭,以种遍地皆根萌。古今国势可以鉴,勿争朝市弃荒原。"葡萄牙、西班牙,特别是英国,伴随着数百年殖民、移民的进程,极大地确立了它们的种族、文化的影响力,并将持续发挥这种影响力。应该说,康有为的这些见解不无道理。不过,在这首诗的结尾,康有为却突发奇想:

> 南美有大荒,誓将辟地开坤乾。我国人民数万万,贫苦奔走同弃捐。我将殖民南美地,楼船航渡岁亿千。树我种族开我学,存我文明拓我田。移民迅速殖千万,立新中国光亘天。既救旧国开新国,我族既安强且坚。虽未大同天下乐,我愿庶几救颠连。①

康有为竟欲步英国等国家向世界殖民、移民之后尘,认为"新中国"的出路在于将"数万万"国人殖民、移民南美!在康有为作诗当时,南美移民盛行,但要将数亿中国人移民南美,不能不说是一种异想

---

① 康有为《巡览美国毕,还登落机山顶,放歌七十韵》,康有为著,上海市文物保管委员会文献研究部编:《万木草堂诗集》,第217—219页。

天开之说。诗人的主观臆想与世界现实之间存在落差。但同样不可否认的是，"巡览美国毕，还登落机山顶"的康有为，其"放歌七十韵"也仿佛蘸太平洋之水为墨水，为临近尾声的中国古代诗歌写下新的壮丽篇章。

修筑美国太平洋铁路的华工

一方面，"鲁卫宋郑盛文化，地居中原无由前。晋楚燕齐秦强大，处于四极易拓边"，"春秋晋楚争虎牢，三国六朝江淮间"，将中国古代数千年来不断开疆拓边的历史编织在全球海洋时代发现东方、发现美洲的世界大图景之中。另一方面，"万年英班必不灭，以种遍地皆根萌。古今国势可以鉴，勿争朝市弃荒原"，"我将殖民南美地，楼船航渡岁亿千"，主张中国人大规模移民南美，虽颇为不经，但承续数百年来世界性的殖民、移民浪潮，尽力赶上世界移民的末班车，也从而让古老诗体因对全球趋势的参与、省察和思考而获得了旷古未有的历史纵深感与现实关注度。康有为《菽园初见〈山谷集〉，虑为所染，学之辄似。即以〈山谷集〉赠菽园，即以菽园论山谷语意为小诗侑之》之三云："唐音听倦宋标技，为帝称尊各适时。我自万流咸纳入，赠君蜡屐一游之。"①康有为绕地球数圈，足迹遍天下，不一定说他在当年的诗坛为帝称尊，但他万流咸纳，开拓了唐音宋调之后的诗歌新境，则也不是过于夸张的评价。

## 第五节　舰船的内与外

　　全球海洋时代从一开始就离不开——舰船。康有为《锡兰乘孖摩拉巨舰往欧洲，新睹巨制，目为耸然》云："楼观四五层，俯临沧波澹。惊飞上云表，鹏翼九天鉴。其长六十丈，洞廊窅深堑。千室以容客，弘廊尤泛滥。重过一万吨，结构森惨澹。巨浪拍如山，邈若虮蜉撼。……眼前突兀见此船，海不扬波无险探。"②从最初的帆船到康有为笔下的万吨巨轮，舰船都在全球海洋时代扮演了重要角色。即使是巨轮，当年从中国出发到达欧洲也要在海上航行数月时间，在浩渺的大洋上它也不过像溪流中的一片树叶。它既大又小，既小又大，在海洋上漂荡显得孤立无助，它本身又是近现代科技的产物，汇聚八方人群，仿佛是一个微型的国际社会。在晚清海外诗中，舰船从内到外，都是诗人瞩目的对象之一。

---

①康有为著，上海市文物保管委员会文献研究部编：《万木草堂诗集》，第304页。

②同上书，第175页。

## 第四章　晚清海外诗的"海洋现代性"

斌椿被清廷派往欧洲出使途中,在锡兰作诗一首,诗系长题:《泊舟锡兰岛,客又增至三百馀人,内不同国者二十有八,不同言语者一十七国,形状怪异,洵属大观。因与凤夔九、德在初(俱翻译官)诸人及三子广英,论《山海经》所载各国传讹已久,非身历不能考证也,率成长古》。一条船上竟汇聚了二十八个不同国家的乘客,讲十七种不同的语言。这是世界海洋时代以前即使熟读《山海经》的国人也不敢想象、更不能身历的。斌椿诗中有句云:"形状诡异服色怪,雕题长股如观优。列邦咸知重中夏,免冠执手礼节修。……岂必殊方始隔膜,同室往往操戈矛;情联义合消畛域,海外亦皆昆弟俦。"①

横渡大西洋的皇家邮轮卢西塔尼亚号

无独有偶,出使俄国的潘乃光也作有《偶成》一诗:"异言异服不相妨,异味何堪朝暮尝。族类非群同鸟兽,汗浆蒸气带牛羊。舟中敌国

---

①斌椿:《海国胜游草》,第161—162页。

无猜忌，海上浮家人杳茫。"[①]斌椿与潘乃光都不约而同地惊异于五湖四海之人齐聚于一舟之中的情景。语言不通，肤色各异，来自于不同国家与民族，到达目的地后各自消失在人海之中，但因为各种各样的目的要搭上这艘船，在浩瀚无边的大洋之上暂时在这有限的空间里相处数十天，这一情景是中国古诗中未曾一见的题材。同时，因为从未曾见，这也是中国诗人不易处理的题材。

斌椿、潘乃光其实也是各自船上的匆匆过客，所以他们只在诗里较生涩地写到船客们虽然有各种差异，但仍能友好相处。而另一位诗人黄遵宪就与他们的过客身份稍有不同，他作为长期出使的外交官，凭借在异国他乡与各式人等打交通的经验，他早已不似斌椿、潘乃光这般停留于初次相见浮光掠影的印象。他曾用熟练的诗笔，多次写到中外之间、华人与他人之间的各种交往。特别令人印象深刻的是，黄遵宪用这种"熟练"之笔写各种"初次"相遇，所产生的那种既新奇又透彻、既生动又具体的效果。他的名诗《以莲菊桃杂供一瓶作歌》，写将莲、菊、桃等各花置于一瓶之中，用了一个精彩的譬喻："如招海客通商船，黄白黑种同一国。"而因为这个譬喻，我们也可以将黄遵宪对瓶中之花的写实，转而看成国际客轮上之人相见相聚的各种复杂心情与感受的精彩譬喻：

> 一花惊喜初相见，四千馀岁甫识面。一花自顾还自猜，万里绝域我能来。一花退立如局缩，人太孤高我惭俗。一花傲睨如居居，了更妩媚非粗疏。有时背面互猜忌，非我族类心必异。有时并肩相爱怜，得成眷属都有缘。有时低眉若饮泣，偏是同根煎太急。有时

---

[①] 潘乃光撰，李寅生、杨经华校注：《榕阴草堂诗草校注》，第488页。

## 第四章 晚清海外诗的"海洋现代性"

仰首翻踌躇,欲去非种谁能锄。有时俯水瞋不语,谁滋他族来逼处。有时微笑临春风,来者不拒何不容。众花照影影一样,曾无人相无我相。传语天下万万花,但是同种均一家。①

黄遵宪对于花的揣测、想象与代言,源于他对国际旅客之间交往关系的体验和实践。小船大社会,但在晚清海外诗人中像黄遵宪这样与一舟之人不因语言阻隔停留于表面观察而有较深层次交往的,似也只有梁启超等极少数人。梁氏从澳大利亚乘船归来,一路竟结交了一位日本旅伴,其《澳亚归舟赠小畔四郎》云:

海行三千里,端居了无事。赖有素心人,晨夕相晤语。借经叩法门,观海契圆理。本觉何湛然,大地一止水,缘以境界风,遂有波涛起。风亦不暂息,波亦何时已?劳劳器世间,众生盖云苦。吾侪乘愿来,学道贵达旨。自度与度他,斯事一非二。投身救五浊,且勿惮生死。回心阿佛陀,明镜净无滓,与君证此偈,知君定欢喜。②

邮轮上的餐饮沙龙

---

① 黄遵宪著,陈铮编:《黄遵宪全集》上,第132—133页。
② 梁启超撰,汪松涛编注:《梁启超诗词全注》,第88页。

他们一路谈论佛理,从一般人认为主静的佛理中看到了永恒运动的道理,并进而相互勉励,从事社会变革运动。

黄遵宪等人不仅能写一船之人的群像与交往,还能写苍茫大海之上独有的孤独体验。黄遵宪《海行杂感》云:"拍拍群鸥逐我飞,不曾相识各天涯。欲凭鸟语时通讯,又恐华言汝未知。"①一叶孤舟,四周除了海水还是海水,诗人难遣孤寂,只能与海鸥对话,但诗人达于极致的孤寂之心竟思虑到汪洋异域之地的海鸥也许不谙华语,所以还是彼此隔绝。黄遵宪在此中断了中国悠久诗史中的禽言诗传统。《海行杂感》又云:"家书琐屑写从头,身在茫茫一叶舟。纸尾只填某日发,计程难说到何洲。"②诗人穷极无聊,欲借家书遣怀,但写好了信忽然醒悟过来,不知身在何处。黄遵宪在此也中断了古代诗史上无数寄兴感怀的羁旅、客居之诗,以往,无论羁旅、客居何处,诗人都不像处身大海的黄遵宪,大海像巨大的漩涡,让诗人失去了平常状态下较为清醒的方位意识。大海、客船与人的孤独无援之感,在一些极端状况之下,还不仅是个体的症状,而成为一船之人的集体症候。如斌椿一生中也只有难得的一次短暂出使,但他偏偏遇到了红海的酷热,其《红海苦热》诗云:

> 秋阳一何烈,藏身无菰蒲;夜月一何皎,不作招凉珠。轮船日夜行,旋转水火须;石炭十万斤,一日烧无余;巨舰五十丈,无处容微躯;如被炮烙刑,炙手嗟无肤;触处热水管,染指倏成枯。黎明烦暑减,焦渴冀稍苏。朝暾甫欲上,流金烁石俱;彻夜苦不寐,如披云汉图。牛羊喘不息(船畜牛羊各数十头),愿早鼓刀屠;海

---

① 黄遵宪著,陈铮编:《黄遵宪全集》上,第107页。
② 同上书,第106页。

## 第四章 晚清海外诗的"海洋现代性"

鸟无力翔,落舷甘就拘。冰水不觉寒(船有冰窖),救渴倾盘盂;心忱竟如焚,汗出衣沾濡;如鱼在沸釜,如金在洪炉;寝食咸于斯,无术能逃逋。何时骤风雨,将此炎瘴驱?惊涛虽险恶,聊复活须臾。①

客船在红海之上,无所傍依,成为一个流动的孤岛。不像在陆地之上,人总可以找到哪怕是单纯情感安慰的降暑方法,如一把菰蒲扇子,或者借四处走动稍稍排解燥热,但客船之上去无可去,逃无可逃,"巨舰五十丈,无处容微躯"。客船放大了说,也仿佛成为进入全球海洋时代之后,一体化、地球村世界的人们无可选择、逃无可逃的象征。

在晚清诗人眼里,舰船同时也是全球海洋时代的标志,是新的海洋时代先进理念与科技的集合与结晶。具体来说,舰船就代表着欧美近代的现代化,它带来了从西方向世界其他国家和地区的扩张与侵略,反过来,世界其他相对落后的国家和地区,也以舰船作为衡量它们与西方之间差距的尺度,以学习和拥有凝聚在舰船之上的先进理念与科技作为自身挣脱过去、走向现代化的起点。

如黄遵宪《近世爱国志士歌》之八云:"丈夫四方志,胡乃死槛车。倘遂七生愿,祝君生支那。"诗咏日本近代志士吉田矩方,诗末注云:"(吉田矩方)受兵学于佐久间象山,象山每言今日要务,当周航四海,庶不致观大国于云雾中。"②吉田接受老师的教诲,欲往西方学习舰船,幕府不许,当美国军舰在港口停泊时,他假装落水,被军舰救起后求载其出逃,后被交还幕府,被刑而死。黄遵宪笔下这位日本爱国

---

① 斌椿:《天外归帆草》,第191—192页。
② 黄遵宪著,陈铮编:《黄遵宪全集》上,第100页。

## 出瀛海：晚清诗人的海外观察与体验

志士，画策航海学习舰船，最后竟付出生命的代价。黄遵宪《海行杂感》云："盖海旌旗辟道开，巨轮擘浪炮鸣雷。西人柄酹东人酒，长记通盟第一回。"诗中注云："日本与泰西立约，实自嘉永癸丑美将披理以兵劫盟始。所率军舰七艘，由太平洋东来。同舟日本人有读

黄遵宪出使国外的牌匾

《披理盟纪行》者，将至时，犹能指其出师处也。"[1]写日本被美国的船坚炮利打开国门。黄遵宪无论是写日本打破闭关锁国，还是歌咏爱国志士吉田矩方，都是所谓目注此处，意在彼处，心中所思所系的还是中国，"倘遂七生愿，祝君生支那"，说吉田矩方如有来生并得遂所愿的话，希望他生在中国。

康有为遍游欧美及世界，单往返大西洋前后竟有七次之多。所到之处，他也带着中国问题，试图求解答案与出路。舰船自也成为他一再关注的对象。在荷兰阿姆斯特丹有一家古今舰船博物馆，康有为游历之后作《睹荷兰京博物院古今制船式长歌》云：

> 混茫浩谲大瀛海，全球土地供吐吞。吞为天地周四极，据地大半无有垠。吐为五洲各洲渚，齐烟九点眇山原。一洲割据无数国，有若池中石山蚁垤繁。有能通海任所往，五洲陆岛皆听我盘桓。种

---

[1] 黄遵宪著，陈铮编：《黄遵宪全集》上，第107页。

## 第四章 晚清海外诗的"海洋现代性"

类传散布大地,一听海王割据权。是在大舰能制造,破浪万里忘澜汗。中国海疆七千里,太平洋岸临紫澜。大地全势唯我有,楼舰可以答百蛮。大陆丰饫自饱足,不思开辟徒闭关。惜哉海禁二千年,珠崖犹捐况大秦。腐儒不通时势变,泥古守经成弱孱。坐令大地主人位,甘让碧眼红髯高步于其间。迄今楼船二万顿,甲板二尺铁为藩。横绝大海吼龙战,吓取土地谈笑间。乃逢诸雄竞争日,庞然大国无海军。如鸟无翼鱼无翅,人无手足仅有身。身愈肥腴割愈易,其形类瓜最宜分。嗟尔谋国峨冠者,狂泉醉饮何酕醄。昔自科仑布寻地,班葡骤收大陆新。荷兰先觉逐其后,聚精制舰成殊勋。明末创自地捞打,船制钝拙无可云。然已遍收南洋岛,我朝贡国亡纷纭。彼得雄心变服学,胡俄遂霸波海滨。英人旁窥得心法,专意制舰肆斧斤。即取印度澳洲加拿大,遍夺南阳(洋?)诸海门。舰队第一为海霸,能擒陆霸拿破仑。故知海力最无上,于今新世尤居尊。纵览荷兰剖船型,感喟彼得木屋勤。蕞尔荷兰强若此,况于中华万里云。嗟哉谁为海王图,铁舰乃是中国魂。何当忽见铁舰五百艘,黄龙旗荡四海春。呜呼安得眼前突兀五百舰,横绝天池殖我民。①

康有为将长期以来人们的陆地视点转换为海洋视点,大地各洲都是海洋吞吐的结果。在此海洋视点下自然突出舰船的重要性。"舰队第一为海霸,能擒陆霸拿破仑。"这两句诗既是实指,指战舰第一的英国打败传统陆地强国法国,也是泛指,指重视经略海洋、海上战舰力量强大

---

① 康有为著,上海市文物保管委员会文献研究部编:《万木草堂诗集》,第198—199页。

的国家将凌驾于传统大陆国家之上。中国由强转弱的尴尬地位即属于后者。最后，参观游览荷兰舰船博物馆的康有为，由眼前的铁舰实物联想到以铁舰重铸中国强大之魂，虽不无幻觉与幻想的成分，但连续发问的两个问题却十分振聋发聩，倍显急迫：什么时候中国能够拥有由五百艘铁舰组成的强大舰队？中国又该如何才能拥有这样的强大舰队？而对于这样的发问，康有为心中其实差不多是有答案的。

在《睹荷兰京博物院古今制船式长歌》一诗里，康有为写有两句："彼得雄心变服学，胡俄遂霸波海滨。"而不久之后，他就又将这两句演绎为另一首长诗：《游山泵，观俄大彼得学舟之遗屋，板屋丈许，床灶萧然，几榻敝帷，犹存如故事，今俄皇亚历山大为覆大屋焉》，诗云：

遗像犹在壁，执斧舟斜倚。……当时同业者，宁知帝王至。……日与工人伍，降辱成舟技。岂不惮孤苦，为成图霸志。迄今横三洲，雄图霸大地。乃知英雄主，举动自殊异。……我仪赵王父，瑰伟差可比。变服学骑射，入关窥秦主。……欧人所由强，物质擅作器。百年多获明，奇伟不可纪。遂令全地球，皆为欧人制。吾国文物博，所乏制造帜。士夫习尊大，难辱身降志。何况帝王崇，玉食九重

彼得大帝

蔽。坐兹成孱弱，众强召吞噬。我沉吟古人，最敬彼得帝。昔者编其传，写黄进丹陛。圣上为感动，变法大猛厉。①

当年，俄罗斯彼得大帝不仅派使团赴西欧学习先进的科学技术，本人还化名随团出访，先后在荷兰萨尔丹、阿姆斯特丹及英国伦敦等地亲自学习造船和航海技术；回国后又积极兴办工厂，改革军事，发展贸易、文化、教育和科研事业，使俄罗斯成为后来居上的先进帝国。在彼得大帝当年学习造船与航海技术的遗址之前，康有为不禁浮想联翩，先是把彼得大帝比着战国时期推行胡服骑射、锐意改革的赵武灵王，接着回忆自己维新变法期间曾将彼得大帝学习西方先进技术、实现变法图强的事迹写成传记，呈上御览，促成光绪皇帝进行维新变法……最终，康有为深藏在内的心迹也不言自明：希望今天的中国能像赵武灵王与彼得大帝一样，继续锐意变革，将当年中断而未竟的维新事业重新推进，从舰船制造开始，使中国早日摆脱被动、落后之局，走上富强、复兴之路。

---

①康有为著，上海市文物保管委员会文献研究部编：《万木草堂诗集》，第199—200页。

## 第五章

# 晚清海外诗的"女性图绘"

斌椿甫到巴黎，即作组诗《二十二日戌刻由里昂登车，未明即至巴黎斯（法国都名，计程千里），街市华丽，甲于太西》，第一首写巴黎街市的华丽，第二首云："入门问俗始称奇，事与中华竟两歧；脱帽共称修礼节，坦怀何用设藩篱；简编不惜频飞溷，瓜李无嫌弗致疑；最是绮纨长扫地，裙裾五色叹离披。"[1]显然，除了第一眼所见的街市环境，"最"让斌椿及其一行注目和惊奇的就是中西之间有关女性的习俗、态度、观念与行为等的差异了。中国传统社会文化赓续数千年未曾中断，近古以来又受宋明理学沾溉与影响甚深，形塑和积淀了一套对于女性、对于有关女性的规范与理想的具有自身内在逻辑与脉络的话语体系与行为系统。

走向海外的晚清诗人以男性居多，但也不乏女性，尤其是像单士厘、秋瑾等一样先知先觉的女性。无论是男性诗人还是女性诗人，无论是大多数的认同还是极少数的叛逆，实际上都或多或少是这套传统女性话语与观念的承载者，也因此必然承载着海外尤其是欧美与之不同的另一个女性话语体系与行为系统的对比、激荡和冲击。也就是说，他们都有意无意地从自身的传统出发，从当下中国的现实及女性的地位与角色出发，借着误解与挪用，抵近观察与旁观省思，以海外所见所遇各种女性形象为镜像，来描摹和绘制自己眼底和心中的女性形象。这些女性图绘当然各有差异，但合起来看，又不约而同地多有重叠，形成晚清海外诗人集体意识与集体关切的投影。另一方面，这些女性图绘与投影虽然

---

[1] 斌椿：《海国胜游草》，第165页。

第五章　晚清海外诗的"女性图绘"

不免有所重叠，但细加分辨，也存在着单士厘、秋瑾等女性诗人与男性诗人的不同关切与取向；同样是男性诗人，也存在着早期朝廷使节与梁启超等维新派诗人在志趣与境界上的分别。

## 第一节　海外女性习俗的最初冲击

斌椿、张祖翼、王以宣、潘乃光、黄遵宪等是最早一批代表清廷出使欧洲的使者，由于行程有限，只做短暂停留，他们走马观花第一眼所见的便是西方女性在衣着住行、待人接物等方面所表现出来的与东方古国的不同，或者在初次见面时所听闻的一些最直接的风俗习惯介绍。

清廷使者一踏上旅程，不待到达目的地，在航行的舰船上已经见识到东西方在男女交往行为方式上的差异。黄遵宪《海行杂感》云："每每鸳鸯逐队行，春风相对坐调筝。才闻儿女呢呢语，又作胡雏恋母声。"他自己在诗末注解云："同舟西人，多携眷属。有俄罗斯公使夫妇，每夕对坐，弹琴和歌，其声动心。"[①]黄遵宪作诗作注，实际上出于反观自省，意识到同样是出使，自己只身赴任，而俄使夫妇大庭广众之下对弹对唱，中国使者即使携眷在侧也无法做出类似的举动。潘乃光所乘客船在法国马赛港暂做停留，在短促的间隙里作《马赛》诗云："细腰健步走如飞，中样皮包信手携。迎面撞来说巴洞（犹云对不住也），偏蒙不怒笑声微。"[②]似将一位健步如飞而又彬彬有礼的女性作

---

[①] 黄遵宪著，陈铮编：《黄遵宪全集》上，第106页。
[②] 潘乃光《马赛》，潘乃光撰，李寅生、杨经华校注：《榕阴草堂诗草校注》，第481页。

181

为马赛城市的名片与象征。

而到达目的地后,各色印象自是接踵而至。首先是一眼可见的女性服装。"最是绮纨长扫地,裙裾五色叹离披。"斌椿所写当是宴会上所见的女性礼服。斌椿《书所见》三首之二:"白色花冠素色裳,缟衣如雪履如霜;旁观莫误文君寡,此是人家新嫁娘。"自注:"太西以白为吉色,妇女服饰多用之,新婚则遍身皆白矣。"①这是他碰巧看到的一场婚礼上的新娘衣着,一袭白衣,和中国所尚完全不同。

晚于斌椿出使巴黎的王以宣,也同样注目和惊异于当地女性的各种装扮,其所作《法京纪事诗》中多首写及,如写女性时妆:"服饰瑰奇不厌奢,妆求时世竞风华。年年花样翻新格,争学城中富贵家。"②写妇女茶会服饰:"六幅湘裙委地长,酥胸半腻粉痕香。春寒妃子初临浴,也算官家七宝妆。"③写时妆着力写瑰奇奢侈,花样翻新,写礼服侧重写袒胸露肩,长裙委地,对这两种服饰的观感,中国使者已较不习惯,特别是暴露较多的礼服,诗人以妃子临浴委婉表示不解。当时巴黎妇女更有一种社交服饰,

十九世纪末的欧洲女性

---

① 斌椿:《海国胜游草》,第165页。
② 王以宣:《法京纪事诗》,第55页。
③ 同上书,第55页。

似乎颇有古代宫廷遗风:"半面纱笼素手韬,蛮腰窄袖类征袍。偏饶一种时妆陋,要把臀儿耸得高。"即把腰间收束极窄,同时在裙子臀部位置加添衬物,这一款服饰最让王以宣心里难以接受,他径直以注解的方式指出:"惟于臀后务使增高,如承物然。以为美观,殊难索解。"①

无独有偶,出使伦敦的张祖翼,在所作《伦敦竹枝词》里也有一首写到这同一款服装:"细腰突乳耸高臀,黑漆皮靴八寸新。双马大车轻绢伞,招摇驰过软红尘。"他也像王以宣一样在诗末加注:"缚腰如束笋,两乳凸胸前,股后缚软竹架,将后幅衬起高尺许,以为美观。"②出人意料的是,张祖翼、王以宣在诗作自注里竟然都用了同一个词——"以为美观",换句话说,这在中国人的女性审美观看来似乎并不如此。

除了女性服装到眼可辨的特点以外,晚清使臣、诗人在海外他乡,还睁大了一双眼睛,注视和捕捉西方习俗之下的女性与东方女性不同的每一个细微之处。王以宣《法京纪事诗》写西女以纤瘦为美:"一钩罗袜划凌波,弓样弯来仿佛多。也怕粗肥竞娇小,阿侬新着豹皮靴。"③写女性的自然明净与淡妆之美:"肤光斗雪玉无瑕,多半凝脂句咏葩。虢国靓妆争爱效,蛾眉淡扫骋轻车。"④写女性忌问年岁:"一握迎人笑口夸,瓠犀乍露旱旁蛇。相逢倘问年多少,惹得芳心薄怒加。"⑤所谓"旁蛇",即法语见面问候"你好"的音译。

---

①王以宣:《法京纪事诗》,第55页。
②张祖翼著,穆易校点:《伦敦竹枝词》,第9页。
③王以宣:《法京纪事诗》,第56页。
④同上书,第57页。
⑤同上书,第57页。

而当晚清使臣、诗人从对西式女性服装等的从旁观察转入与西方女性的实际交往时，又表现出一种较普遍的集体不适与误会。斌椿《书所见》三首之三云："柔荑不让硕人篇，一握方称礼数全；疏略恐教卿怪我，并非执手爱卷然。"自注云："相见以握手为敬，不分男女也。"①这个西式的见面握手礼节，似乎颇让当时的当事者进退两难，不握吧西人礼俗如此，怕失礼，握了因中国传统男女授受不亲之说，怕误解。

除了这个不分男女均须握手的礼节，还有就是男女互赠小纪念品，而西方女性习惯将自己的照片或自画像赠予客人。这也同样让这些来自东方古国的男人们无所适从，甚至引发浮想。斌椿《二女以小照相赠》云："新月纤眉细柳腰，丰姿绰约态难描；归帆载得江东去，不数当年大小乔。"②出使俄国等地的潘乃光也遭遇类似尴尬，收到女士赠送的包括自画像在内的画册，赋诗致谢云："塞外风光海外春，何心邂逅慧心人。香分兰室偏同座，境隔桃源莫问津。已嫁王昌卿有主，多情宋玉我无邻。尚余绘事相持赠，未便临摹许自珍。"③收到女士相赠的照片云："每逢佳士重斯文，生长深闺迥不群。顾影自怜频耸动，与人无忤示殷勤。镜中写照风神活，画里藏春翠黛分。一幅真真谁唤出，化身留赠杜司勋。"④本是西方寻常礼仪，但潘氏像引用大乔、小乔故典的斌椿一样，也翻出宋玉、王昌、杜牧等有关古代非正常男女关系作比，使事不当，多有误解。

---

① 斌椿：《海国胜游草》，第165页。
② 同上书，第172页。
③ 潘乃光《画报馆主马丹马克斯女史承约茶话并赠画册数事情深意雅赋此志谢》，潘乃光著，李寅生、杨经华校注：《榕阴草堂诗草校注》，第499页。
④ 潘乃光《挨田女侄欧戈嘎女史出赠小照赋谢》，同上书，第499页。

## 第五章　晚清海外诗的"女性图绘"

由于中西有关女性的传统习俗有异，晚清海外诗人在出使之地，将注意力集中于这些不同的习俗，甚至产生不当的看法与误解，这是在所难免的。难能可贵的是，这些男性诗人也在浮光掠影的交往里，透过表象，既直观又敏锐地发现女性在西方男女关系的社会结构之中的地位与角色。首先是男女平等，张祖翼《伦敦竹枝词》云："银烛高烧万盏明，重楼结彩百花新。怪他娇小如花女，袒臂呈胸作上宾。"诗末自注云："其俗朝会筵宴大典，皆有妇人，谓阴阳一体，不容偏废也。妇女来者，皆脱帽解上衣，袒两臂，胸乳毕露。"[1]写的是一场张灯结彩的喜庆宴会，虽然同样写了女性"袒臂呈胸"的穿着，但张祖翼哪怕带着些许不解，他也很明显地看到了女性与男性结伴同样作为"上宾"出席这一事实。他用阴阳一体、不容偏废的中国古代观念来描写这一事实，但实际上这一事实已经不是中国古代传统观念，特别是所谓男尊女卑的观念所能指称和概括的了。张祖翼《伦敦竹枝词》又有一首云："林中跳舞太荒唐，人道今宵新嫁娘。白帽白衣花遍体，戏园酒馆伴鸳鸯。"[2]与上一首一样写了一场结婚典礼，林中跳舞与白色衣饰同样不

十九世纪末的欧洲女性

---

[1] 张祖翼著，穆易校点：《伦敦竹枝词》，第6—7页。
[2] 张祖翼著，穆易校点：《伦敦竹枝词》，第7页。

免刺目，甚至有些荒唐，但最后一句"戏园酒馆伴鸳鸯"，张祖翼又明显将笔触延伸、转移到婚礼之外的戏园与酒馆，看到人们从宴会典礼上走出来，在日常生活中，也是男男女女成双成对，自然自由。

另一方面，晚清海外诗人还发现，所谓男女平等，不仅是相携出行、出双入对那么简单，还体现在对女性各方面权利的特别尊重上。斌椿《书所见》三首之一云："出门游女盛如云，阵阵衣香吐异芬；不食人间烟火气，淡巴菰味莫教闻。"自注云："西俗最敬妇人，吸烟者远避。"①斌椿发现，就连在吸烟这种小细节上，西人也注意要远避女性，以示尊重。张祖翼、王以宣等人更在家庭生活、夫妻关系方面，虽不一定理解但也确实了解到西方女性所受到的尊重。张祖翼《伦敦竹枝词》云："唱随本自重天伦，岂许床头恩爱分。若使小星歌嘒彼，定将面首置多人。"自注云："英人无贵贱，皆不得纳妾。"②这首诗的"岂许床头恩爱分"之"分"，当有二义，一是与妻"分"手，一是与妾"分"爱；张祖翼了解到西方不许男人纳妾，十分不解甚至不满，他用《诗经》"嘒彼小星"这句里的"小星"来指妾，自是非常陈腐

十九世纪末的欧洲女性

---

① 斌椿：《海国胜游草》，第165页。
② 张祖翼著，穆易校点：《伦敦竹枝词》，第11页。

第五章　晚清海外诗的"女性图绘"

的观念，但西方对于女性的现代观念也切切实实对他造成了冲击。

这些在王以宣身上也大同小异，其王以宣《法京纪事诗》云："养儿本为老来防，箕帚耰锄剧可伤。休说五伦全不讲，可知妻竟是夫纲。"了解到西方子女结婚后即离开父母另住，王以宣在诗末附加注解并发表议论云："盖其同室相依惟妻子，故夫妇一伦，势所不得不重。而居恒惟妇命是听，财物畛域甚严；设有不合，彼此皆可告官离异。即此一伦，且难保其终极，其他概可知已。"①子女离开父母独立，王以宣进而推论说，这样导致的结果是只重五伦中的夫妇一伦，而由于在夫妻关系中妻子的地位甚至凌驾于丈夫之上，加之财务也独立，各自财产归属清楚，这样假如夫妻不合，打官司离婚，仅存的夫妇一伦也势必十分脆弱，结果是维系社会稳定的五伦关系一样也难保全。不得不说，王以宣仅凭他的直觉推论，也已看到现代西方社会随着女权上升而导致的不稳定关系，是十分敏锐的。在他的内心深处，也正将中西方的有关观念摆放在一起，进行着较为激烈的对比和对话。而在当时当地，这样的对比与对话，或许比具体的结论更为重要。

最后，从男女、夫妇的平等关系，晚清海外诗人还观察和体会到更广泛的社会平等关系。如女诗人单士厘随夫出使荷兰，在海牙作诗云："君主谦谦卑自牧，臣民噩噩洁而淳。"②在这一联诗的句中，单士厘自注云："女王出游，群儿掷雪球误中王面，王笑而拂之。又一日，王夫自开汽车，途与电车相撞，自谓不慎，戒毋罪电车。各国驻使赴宫门请安，次日王夫亲至各国使馆谢步。"原来这首诗是因女王出游被儿童玩雪球击中、女王丈夫驾车发生事故等事件所激而写，女王及其丈夫仿

---

① 王以宣著，穆易校点：《法京纪事诗》，第53页。
② 单士厘《和兰海牙》，单士厘著，陈鸿祥校点：《受兹室诗稿》，第46页。

佛一般平民百姓一样日常处事，这是来自当时的帝制中国的诗人所无法想象的。当然，限于各种原因，诗人对此也不可能做出更深层次的思考，她只用她的异域之眼，将触动心弦、感发兴致的人和事抒写出来。这已经足够了。

## 第二节　女性的社会职业化

晚清诗人在海外出使、出行，耳濡目染，不仅了解和体会到女性在家庭、婚姻及日常生活中所享有的各种与男性平等的权利与义务，还特别留意到女性走出家庭，成为高度社会化与社会分工的一分子，从事各种社会职业，自食其力，奉献社会。这在中国传统社会是不可想象的。晚清诗人特别是十九世纪六七十年代早期出洋的诗人，实际上还是传统社会的士人，和其他国人同胞一样信奉着"女子无才便是德""养在深闺人未识"等各种关于女性的落后观念与教条。对于在海外各地所见不同类型的职业女性，与在街头、宴会及日常生活中接触到女性服装、女性行为举止等相似，他们在眼中所见与心中所思之间产生了落差和距离，往往眼中了解了，但心中未必理解，或者说，眼睛接受讯息的速度很快，但心里并不能立即同步反应，慢了半拍或几拍，也因此心灵所处的位置往往被眼睛甩开了一大截的距离。这种从一个熟悉的社会走入另一个相对陌生的社会时所常常发生的现象，当然也发生在晚清海外诗人身上，发生在晚清海外诗作之中。这也带来了诗人与诗作、诗人与诗歌内容、题材等之间各种饶有意味的阅读、理解与阐释的空间。

潘乃光在香港及越南西贡（胡志明市）这些在当时已经高度西化了

的殖民地城市,写下《有所见》诗数首,将他被吸引、所发现的女性形象分不同的类型加以描写。这些女性实际上已深受西风浸染。其中写"马戏女"云:"龙矫鸿翩态更佳,有时笑语故诙谐。消停马戏来香港,背立看他打纸牌。"写"银行女"云:"看裙拖出西湖水,粉黛生成嫩面光。忽共美髯携手去,知她夫婿是银行。"写"东洋女"云:"天然散发误垂髻,短俏身材一捻腰。学得泰西新样好,倭奴何福贮阿娇。"写"荡班女"云:"娇羞如画艳于花,持盖登场复御车。可惜沉沦在西贡,何如飘泊走天涯。"[1]细读之下,潘乃光虽然写了一组女性群像,并且尝试分类描写,但他的类型标准并不一致,严格来说还只是将几类女性分别随意放在一组诗里来写。如所谓"东洋女"是指来自日本的女子,"银行女"并不是她在银行工作,而是其所嫁的夫婿是银行界人士,只有"马戏女""荡班女"可算是同一类型的靠当街表演为业的职业女性。

潘乃光在香港街头所见的"马戏女",可能是由欧洲传播到世界各地的表演职业,推测在当时十分流行。因为张祖翼《伦敦竹枝词》就有一首也写到伦敦当地的"女骑师":"雕鞍横坐扭纤腰,纵辔如飞出远郊。莫道红颜无绝技,一鞭笑指月轮高。"[2]虽只有寥寥四句,但都集中描写这位"女骑师"的骑术高超,不比潘乃光那首以"马戏女"为题的诗只有"龙矫鸿翩"四字切合职业技艺。

---

[1] 潘乃光著,李寅生、杨经华校注:《榕阴草堂诗草校注》,第478页。
[2] 张祖翼著,穆易校点:《伦敦竹枝词》,第13—14页。

十九世纪末欧洲的女性马术表演

  而在晚清使臣、诗人之中,写"马戏女"最为生动传神的应是斌椿。他出使丹麦,在该国首都哥本哈根连续两天观看马戏表演,并留下两首诗作。第一首《二十日至呵奔黑根(丹麻尔国都)看美人驰马》云:"霓裳翠被戴花冠,骏马骄嘶万众看;紫燕绿螭(《西京杂记》汉文帝得九良马名)来汉厩,雪肤花貌降仙坛;千番险巘频惊目,百种娇娆稳坐鞍(妇女驰马皆长裙侧坐);碧眼胡儿应咋舌,定疑神女驾青鸾。"①诗的前半用典,并且斌椿在句中自注出典,如果不看诗题,会令人以为他是在国内某处欣赏美女驰马,后半才似乎回到人在丹麦的现实:美女骑手身着长裙,据鞍侧坐,策马疾驰而身姿娇娆安稳。斌椿笔

---

① 斌椿:《海国胜游草》,第172—173页。

## 第五章 晚清海外诗的"女性图绘"

下的美女跟张祖翼所写的"女骑师"一样都是据鞍侧坐而策马飞驰,看来这是为了取得良好的表演效果而在当时通行的标准"骑姿"。特别是末联"碧眼胡儿应咋舌,定疑神女驾青鸾",不明说自己的惊叹,而转以"碧眼胡儿",也就是当时在场看马戏表演的观众的齐声咋舌叫好衬托写出,从而将使臣的矜持身份与男性的本能赞叹巧妙合二为一,令人兴会。

第二首《次夜复见此女易玄裳驰骤》云:"西国佳人善驰马,整衣超乘神闲雅;千人拍掌竞称奇,袅袅丰姿灯影下(诸戏皆夜演)。凝眸审视非寻常,昨衣缟素今玄裳;疾驰百转辔在手,娇如只鹤云中翔。"①从这一首的诗中自注才看出,原来斌椿在这首以及前一首诗中所写的,其实都是在夜间进行的马戏表演,而这在两首诗的标题里都并没有明确交代,也意外地营造了与马戏表演相称的悬念效果。此外,斌椿还注意到女骑手昨晚穿的是白衣,今晚是黑衣,虽同样身手不凡,但因衣着而又平添了不同的风韵。今天读来,我们甚至怀疑斌椿当年很可能因为西女外形容易混淆而将前后两晚表演的两个不同的骑手看成了同一个人,但"凝眸审视非寻常",我们又宁愿相信他所见的又确实就是同一个女子。

在斌椿、潘乃光、张祖翼等笔下都出现了"马戏女""女骑师"这样的职业女性。而张祖翼又比斌椿、潘乃光更进一步,在《伦敦竹枝词》里"女骑师"只是他所涉笔的众多职业女性之一。张祖翼似乎是有意识地从不同职业的分工与类型出发,写了一组众多的在英国伦敦所见的职业女性。比如他写了与"女骑师"类似的表演职业的"女演员":"赤身但缚锦围腰,一片凝脂魂为销。舞蹈不知作何语,下场捧口倍娇

---

① 斌椿:《海国胜游草》,第173页。

娆。"想必女演员一边做舞蹈等戏剧动作一边说白,由于语言不通等原因,张祖翼在现场的观赏效果不免大打折扣,但他作诗之不足,犹在诗末加注解云:"英之戏园大小不下百处,皆以女伶为贵。女伶出台,上无衣,下无裤,以锦半臂一幅缠腰际,仅掩下体而已,其白嫩不可名状。演毕下场时,以两手捧口,送'开司',鞠躬而退,谓示敬于观剧者。"①诗与注解虽然多只停留于表面所见的描写,但张祖翼可能是最早在伦敦剧院观剧的中国诗人,也为中国古典诗拓展了伦敦"女演员""女骑师"等现代职业女性的新的题材内容。

张祖翼只在伦敦短短逗留数日,但他以竹枝词的轻灵形式,仿佛连续按下相机快门,留下了一帧帧从事不同工作的职业女性速写。如他写"女伙计":"十五盈盈世寡俦,相随握算更持筹。金钱笑把春葱接,赢得一声坦克尤。"②写"女画工":"石像阴阳裸体陈,画工静对细摹神。怪他学画皆娇女,画到腰间倍认真。"③张祖翼甚至将目光投向"清洗石阶之女子":"一朵鲜花绰约佳,青衣多半出娇娃。不堪扫地焚香外,跪捧清泉洗石阶。"④

在张祖翼所写伦敦职业女性的群像里,还有"女花店主""贫穷女贩""女英文教师"等,而在写这些人物时,张祖翼都像写"女演员"时一样,在诗末加上注解,将这些诗与注解以及注解与注解联系起来看,可见从事这些职业的人物都是他特别感兴趣,同时又有所惊奇和不解的。如写"女花店主"云:"香气袭人花满房,凝妆镇日坐花旁。若

---

① 张祖翼著,穆易校点:《伦敦竹枝词》,第11—12页。
② 同上书,第11页。
③ 同上书,第14页。
④ 同上书,第15页。

教解语应倾国，花爱金钱妾爱郎。"诗末注解云："凡卖鲜花者，皆绝代佳人，设店通衢，尽人调笑。日落闭肆后，相率不知所之矣。"[①]写"贫穷女贩"云："红草绒冠黑布裙，摆摊终日戏园门。自知和气生财道，口口声声迈大林。"诗末注解云："拉手接吻，无所不至，只图生意而已。"[②]写"女英文教师"云："每日先零三两枚，朝朝暮暮按时来。岂徒教习英文语，别有师恩未易猜。"诗末注解云："并坐谐笑，毫无顾忌。师之可也，即不师之亦可也。"[③]张祖翼甚至关心"女花店主"傍晚关店后的去向，而无论"女花店主"还是"贫穷女贩"，为了卖出东西，需要加强与顾客沟通，和气生财，这被张祖翼误解为与人调笑，无所不至；"女英文教师"的课堂与中国传统私塾里的师道尊严截然不同，教师与学生打成一片，也让张祖翼颇生遐想。

张氏笔下的"女英文教师"也可与差不多同时期到德国柏林担任中文教师的潘飞声所写加以对比，潘氏《柏林竹枝词》云："蕊榜簪花女塾师，广栽桃李绛纱帷。怪他娇小垂髫女，也解

十九世纪的家庭教师与学生合影

---

① 张祖翼著，穆易校点：《伦敦竹枝词》，第11页。
② 同上书，第13页。
③ 同上书，第14页。

193

看书也唱诗。"①潘飞声还是依照中国称谓称女教师为"女塾师",或许女性担任教师已让他与张祖翼一样感到惊奇,同时他还将笔触连带写到教师所教的女学生,说她小小年纪已经能看书唱诗了。

总之张祖翼等晚清海外诗人从他们所熟悉的男女大防、男尊女卑、妇女不宜抛头露面等观念出发,对于这些不同工作身份的女性格外抱有兴趣,当然也多有误解。不过,这些误解有时在诗作里出现,倒也反而增添了不少意趣。如张祖翼写"女护士":"短榻纵横卧病躯,青衣小婢仗扶持。深情夜夜询安否,浃髓沦肌报得无。"②他不了解"女护士"这一现代职业的性质和义务,以"青衣小婢"视之,而女护士对病员应有的悉心护理,也被他理解为是个人与个人之间难以报答的恩情,令人莞尔。《伦敦竹枝词》又写"女报务员"云:"少女扶机竟日忙,霎时传语遍城乡。为他人约黄昏后,未免痴情窃问郎。"③"女报务员"及其霎时连通四方的报务工作可算是出现在中国古典诗里的全新人物形象、全新职业内容,但诗的后半部分也令人忍俊不禁,经"女报务员"中介传送的信息包罗万象,但张祖翼(有意)只突出其为有情人传递约会的信息,缩小了报务服务的范围,却也意想不到地增添了令人回味的诗的意趣。

---

① 潘飞声著,穆易校点:《柏林竹枝词》,第120页。
② 张祖翼著,穆易校点:《伦敦竹枝词》,第15页。
③ 同上书,第18页。

## 第三节　女学与母仪

黄遵宪《日本杂事诗》之五九写到日本建立女子师范学校，让女性入校学习西学及女红："捧书长跪藉红毹，吟罢拈针弄绣襦。归向爷娘索花果，偷闲钩出地球图。"①黄遵宪是少有的将注意力投注于现代女性教育主题的晚清海外男性诗人。不过，只有在单士厘这样的女性诗人笔下，女性及女性教育才真正获得自始至终的持续关注。单士厘远赴欧洲，没有像大多数人一样选择南海、印度洋及红海、地中海的海路，而是乘刚通车不久的俄罗斯欧亚铁路，从中国东北出境横穿西伯利亚西行。其《光绪癸卯春过乌拉岭》云：

> 水作东西流，地别欧亚境。崇高二千尺，迤逦浑忘迴。萦回巧安轨，曲折堪驰骋。来往便行李，运输无阻梗。豁然大交通，天地包涵并。……行过帕斯脱，溪山逾娟静。密树发新绿，麦苗抽翠颖。乌发驿以西，平原绝遮屏。漠漠无边际，绕溪浮小艇。教堂高耸云，夕照逗残影。自谓饶眼福，故乡无此景。谓语诸闺秀，先路敢为请。②

---

① 黄遵宪著，陈铮编《黄遵宪全集》上，第24页。
② 单士厘著，陈鸿祥校点：《受兹室诗稿》，第37页。

日本女子师范学校毕业合影

单士厘写出了女性诗人不输男性诗人的气魄，在广阔的欧亚大地的背景下，游目骋怀，随景卷舒，同时，就像诗的最后一句所写的，她不把这一旅程看作仅仅是她个人的，而是把自己看成古老国度千万女性的前驱，用眼看她们所看，用心想她们所想。而多年以后，单士厘离开欧洲，作《乙巳秋留别陆子兴夫人》四首之一云："俊眼识英才，于归我国来。神明仰华胄，未许谤衰颓。"之二云："森堡订知交，情深似漆胶。愿君来沪渎，启发我同胞。"留别的是一位嫁作华妇的外国女子，这位单士厘在卢森堡认识的女子"闻欧人讥讪中国，必极力争辩"。[①]单士厘邀请她有一天到中国来，一起开发民智。

从这组诗的内容和特别加的注解可以想见，单士厘旅居海外期间，并没有放弃《光绪癸卯春过乌拉岭》一诗里"谓语诸闺秀，先路敢为

---

① 单士厘著，陈鸿祥校点：《受兹室诗稿》，第43页。

196

## 第五章 晚清海外诗的"女性图绘"

请"的初衷,但由于国势"衰颓",也遭遇到各种讥讪和误解,而这些讥讪和误解反过来更坚定了她以新知新学启发民智的信念。她在俄罗斯作《再和夫子述怀仍用前韵》诗,中有句云:"家风本是尊儒素,教育新知保种黄。"①中国传统的江南地区素重教育,以读书尊儒为家风传承,从这样的家庭走出来,又随外交官丈夫在欧、日等地出使多年,单士厘更进一步认识到教育新知对于国家民族的救亡图存的巨大意义,而在教育新知方面,女性的角色与作用显得越发重要。单士厘是晚清海外诗人中从女性的身位出发联系家国前途与命运对女性角色与作用集中思考的代表性诗人。

通过对海外出使国家教育思路与实践的观察反思,单士厘将兴女学、重母仪总结为现代女性教育新知的基础性内容。关于女学,单士厘《庚子秋津田老者约夫子偕予同游金泽及横须贺》诗云:"兹游惬素心,欲记惭绵薄。……东作未耘籽,秋成安望获?譬犹覆杯水,未旱已先涸。寄语深闺侣,疗俗急需药。劝学当斯纪,良时再来莫。"这首诗由纪游领起,单士厘以为日本近代以来的快速发展,与通过教育提高女性素质密不可分;在"劝学当斯纪"句下,诗人加注云:"英人论十九世纪为妇女世界,今已二十世纪,吾华妇女可不勉旃!"②中国须要向英国、日本等国家学习,重视国内的女性教育;她将教育比作保障秋天能有优良收成的春种耕耘,比作不会像杯水覆地那样容易干涸的源源活水,所以是疗饥救俗的当务之急。兴办女子学校,给女子与男子一样接受教育的机会,特别是让其接受从欧美输入的新知、新学。

另一方面,单士厘还主张将女子的学校教育与家庭教育有机结合起

---

① 单士厘著,陈鸿祥校点:《受兹室诗稿》,第41页。
② 同上书,第27页。

来，一外一内，更好地促进女子成长，适应新时代的需要。而在家庭教育中，单士厘发现了母亲不容替代的重要角色和作用。单士厘在离开日本之际所作的《丙午秋留别日本下田歌子》诗云："六载交情几溯洄，一家幸福荷栽培。扶持世教垂名作，传播徽音愧译才。全国精神基女学，邻邦风气赖君开。骊歌又唱阳关曲，海上三山首重回。"[①]在日本六载，单士厘广交日本友人，特别是女界名流，下田歌子即其中之一。下田歌子是日本开一代女子教育风气的著名教育家，撰有名著《家政学》一书，单士厘对下田歌子的教育成就高度赞赏和钦佩，曾亲手将《家政学》一书翻译成中文，期望东国的邻壁之光能够给中国女界带来警醒和启发。下田歌子不仅作为教育家声名和影响在外，思想和学说泽被日本女性大众，同时也是一位女长者、好母亲，"一家幸福荷栽培"，单士厘在诗里特别加上注解，称下田歌子的长媳即毕业于实践女

下田歌子与女留学生合影

---

① 单士厘著，陈鸿祥校点：《受兹室诗稿》，第45页。

## 第五章 晚清海外诗的"女性图绘"

学校；大到一国，小到一家，在单士厘看来，像下田歌子这样有见识的女子和母亲才应该是无数中国女性应该知晓和学习的楷模，从影响家里人、身边人开始，进而影响一群人、一国人，通过翻译交流和介绍，还能影响来自中国的诗人，影响更多亟待启蒙的女性。

基于对女学和母仪不断加深的认识，单士厘在海外每到一处，都会触景生情，产生对特定场景强烈的代入感，自然联想到国内的女性教育，有感于母亲在子女教育方面的责任与表现。其《游俄都博物馆》云：

> 窈窕谁家妹，执册携儿逛？物理详指示，告诫尔毋忘。鉴斯感我心，教子在蒙养。吾邦自宋来，典型嗟久荡。尔雅笺虫鱼，博物古亦尚。离奇山海经，形容或非诳。讵欲夸夥多，但为学者饷。只今新世带，生理益繁广。欧美竞文明，宜思所以抗。[①]

单士厘在俄罗斯莫斯科参观博物馆，看到一对同游博物馆的母子，母亲拿着画册对照实物向孩子一一讲解。"鉴斯感我心，教子在蒙养"，单士厘以为这一幅美好的母子剪影，就是从孩子幼年就开始的最好的启蒙教育。单士厘转念联想到要比起俄罗斯的博物馆，中国自古以来所累积下来的"博物"不知要丰富繁盛多少倍，但可叹的是，夸富斗多并不是目的，如何把"博物"转化为全民，特别是年轻一代教育、教养的资源，才是最重要的。自宋以降，我们在这方面做得很不足。

另一方面，今日世界已经进入全球一体的新时代，更有无数的新知新学需要借鉴和学习。单士厘实际上提出了更高的期待和要求，既要让

---

[①] 单士厘著，陈鸿祥校点：《受兹室诗稿》，第40页。

古物焕发新知，也要用新学重新整理和扬弃古物与旧学。所以，在莫斯科博物馆所看到的这一幅母子教学画面，单士厘没有仅仅将之视为一件孤立的事件来看待。"欧美竞文明，宜思所以抗"，中国要改变自己的衰颓状态，进而有机会与欧美先进文明并驾齐驱，就需要从孩子幼年时期切实的启蒙教育开始，需要有能够认识到孩子教育的重要性，并且能够胜任孩子启蒙老师角色的无数母亲。

单士厘另有一首《辛丑春日偕夫子陪夏君地山伉俪重游江岛再步前韵》诗，作于日本。如果持以与《游俄都博物馆》对读，会发现两诗虽作于不同的时间和地点，但诗的缘起和内容都很相似。《游俄都博物馆》有感于博物馆母子教学的一幕，写于日本的这首诗是旅途中与一对华人夫妇的唱和。这对夫妇携一个九岁的女儿同游，女儿在日本华侨女校读书，现值放假。在这首诗里，借目睹和感慨这名受到良好教育的九岁女童的契机，单士厘写道：

> 我邦女学嗟未有，辟故开新解枢纽。春风溶溶荡氛垢，积习销磨冀悠久。晨钟猛听长鲸吼，唤醒群迷应指喉。异域遨游斯不负，他年莫吝谆谆口。璞中良玉需击剖，众明独昧何甘狃？（东西洋各皆盛行女学，惟中国尚无。）欲培佳种先诸母，长养新苗去蓬莠。[1]

女孩上的是华侨女校，两相对比，单士厘不由感叹"我邦女学嗟未有"，感叹之不足，又在诗中夹注云："东西洋各皆盛行女学，惟中国尚无。"华人可以在日本创立新式女校，华童应当入学新式女校，但唯

---

[1] 单士厘著，陈鸿祥校点：《受兹室诗稿》，第31—32页。

独偌大中国没有这样的学校，国内儿童也没有这样的机会。单士厘认为开办女学、入读女学是"辟故开新"的方向性的调整和转换，积习难革，不能一蹴而就。但就算如此，单士厘也坚信，作为唤醒群迷、女性解放的象征的女学，终有在中国开办、推广的一天。

另一方面，"欲培佳种先诸母"，单士厘在同行的九岁女童身上也再次得到游历世界

曾随外交官丈夫多次出访国外的单士厘

多年所形成的一个确信：像将璞石雕琢成璧玉需要良工一样，要培养孩子，首先需要有贤明的母亲。如果没有父母对于教育的重视，九岁的女童能够进入女校读书也是不可想象的。所以要兴办女学，教育女性，第一位的任务是教育母亲，学习做一位有能力担当的母亲。单士厘的这些看法和见解，不用说是她作为一名女性、一名开风气之先的女性反诸自身的感悟，在当时有领先时代的意义，就是在今天，也依然没有失去其历久弥新的启示价值。

## 第四节 女性豪杰人物

潘乃光在法国作《巴黎怀古》诗云："英风未减大王雄，毓秀钟奇

不枵中。弱质有谁轻死难，芳名岂复愧全忠。材官尚少疆场志，村女能成斩伐功。只合铸金相则效，那须教战仿吴宫。"[1]他诗中写的这位"达克若恩奇女子"就是法国家喻户晓的圣女贞德。贞德在十五世纪英法百年战争中，从一名农家少女成长为领军统帅，带领法军多次大败英军，成为法国的民族英雄。黄遵宪在日本作《近世爱国志士歌》之十一云："鸡鸣晓渡关，乌栖夜系狱。长歌招和魂，一歌一声哭。"[2]黄遵宪仿佛与潘乃光东西呼应，也写了一位日本女英雄——黑川登几，她在1864年禁门之变期间，因幕府囚禁所谓叛乱首领而赴京师为被囚首领鸣冤。

黄遵宪、潘乃光都留意到所在国家的女性豪杰人物，这当然并非偶然。潘乃光作诗颂扬圣女贞德，固然因为贞德本人的事迹家喻户晓，现场又有铸像引人注目，但根本的原因还在于期望圣女贞德对于中国女性产生"则效"效应。而黄遵宪一下子写了与明治维新有关的十多个日本"近世爱国志士"，女性黑川登几在一众男性人物中又格外突出，黄遵宪不禁由人及己，表达对于中国也能涌现出一批属于自己的"爱国志士"的期望，达成像日本明治维新一样的社会变革。

圣女贞德像

----

[1] 潘乃光著，李寅生、杨经华校注：《榕阴草堂诗草校注》，第494页。
[2] 黄遵宪著，陈铮编《黄遵宪全集》上，第100页。

## 第五章　晚清海外诗的"女性图绘"

晚于黄遵宪、潘乃光，梁启超、马君武在二十世纪初也成就了一段写诗歌咏女性豪杰的佳话。广东女作家张竹君创作的《东欧女豪杰》，是一本借叙述俄国虚无党人苏菲亚的革命活动，抨击封建专制，宣传资产阶级民主革命的小说，初刊于《新小说》第1至5号，作者署名"岭南羽衣女士"。这部小说虽然仅写了五回，未完，但极富煽动性，在当时风靡一时。特别是在俄国真实人物基础上塑造的小说女主人公苏菲亚，创立"革命团"，主张"用破坏手段，把从来旧制一切打破，……鼓舞天下的最多数的与那少数的相争，专望求得平等、自由之乐"。这部小说无疑击中了当时社会很大一部分人内心的痛点，连人在国外的马君武、梁启超也对之产生强烈共鸣。

梁启超作《题〈东欧女豪杰〉，代羽衣女士》二首，之一云："磊磊奇情一万丝，为谁吞恨到蛾眉。天心岂厌玄黄血，人事难平黑白棋。秋老寒云盘健鹘，春深丛莽殪神魑。可怜博浪过来客，不到沙丘不自知。"之二："天女天花悟后身，去来说果复谈因。多情锦瑟应怜我，无量金针试度人。但有马蹄惩往辙，应无龙血洒前尘。劳劳歌哭谁能见？空对西风泪满巾。"[①]梁启超读过《东欧女豪杰》意犹不尽，承续古代诗人习惯作代言体的传统，援笔代小说作者"岭南羽衣女士"抒发创作初衷，由于小说人物是不满封建专制而从事革命活动的女性，而小说作者也面临着与笔下女主人公类似的心境与处境，所以梁启超在诗里实际上把小说作者与小说人物合二为一，称誉她们都是怀抱磊磊奇情的天女后身，一个仗剑奔走四方，不辞劳苦，一个以笔为剑，启蒙大众。但在第一首诗的结尾，梁启超谴责封建统治者面对一片口诛笔伐与革命反抗，残暴颟顸，至死执迷不悟；在第二首诗的结尾，梁启超遗憾社会

---

[①] 梁启超撰，汪松涛编注：《梁启超诗词全注》，第107页。

出瀛海：晚清诗人的海外观察与体验

马君武

大众沉醉于麻木状态，对于各种启蒙与革命的召唤没有回应。将这两个结尾（结果）与诗歌所歌咏的两位女性的"奇情"与"歌哭"对照，更为《东欧女豪杰》的创作与小说女主人公的活动增添了浓郁的悲壮色彩。而往深一层看，这其实也是戊戌变法失败后已在海外流亡经年的梁启超自己的心境与处境，借羽衣女士之酒杯，浇一己内心之块垒。

对于梁启超的诗作，友人马君武赋诗作和，其一云："憔悴花枝与柳丝，为谁颦断远山眉？竞争未净六洲血，胜负犹悬廿纪棋。东海云雷惊睡蛰，北陵薜荔走山魈。远闻锦瑟魂应断，沈醉西风不自知。"其二云："辛苦风尘飘泊身，人天历历悟前因。飞扬古国非无日，巾帼中原大有人。明媚河山愁落日，仓皇戎马泣飞尘。闻君忧国多垂泪，为制鲛绡百幅巾。"[①]马君武和诗的作意没有越出梁启超原作的范围，他也将小说女主人公苏菲亚与小说作者羽衣女士打成一片看，但和诗的基调似比梁启超更为激越和明亮，"飞扬古国非无日，巾帼中原大有人"，竞争正酣，胜负未决，无数像羽衣女士与苏菲亚一样的巾帼女性会担负起启蒙与革命的重任，造就中国的光明前途。

---

① 马君武《和羽衣女士〈东欧女豪杰传〉》，马君武撰，熊柱、李高南校注：《马君武诗稿校注》，第51—52页。

## 第五章　晚清海外诗的"女性图绘"

苏菲亚虽可像马君武、梁启超所作一般被视为中国女性，但毕竟是小说人物。早年潘乃光所写的圣女贞德，黄遵宪所写的黑川登几，也都还是法国或日本的历史人物。唯羽衣女士（张竹君）却是当时中国觉醒一代的真实女性人物之一，《香奁诗话·张竹君》云："竹君女士，籍隶广东，幼入教会学校读书，博通英文，尤精医术……即一切文艺，罔不娴习。"

晚清海外诗人虽人在异域，但无不心系国内，诗笔所及，也时刻关注着国内女性人物的各种活动动态。身在南洋的诗人丘逢甲，就曾作有一首《题陈撷芬女士女学报》诗，诗云："唤起同胞一半人，女雄先出唱维新。要修阴教强黄种，休把平权笑白民。拾翠尽除闲著作，炜彤兼复古精神。"[①]这位陈撷芬女士是一位像羽衣女士一样从事文化启蒙与救国的女性，时在上海创办女学报，丘逢甲在诗里以"女雄"称之。陈撷芬也可以说是把当时单士厘所再三呼吁的启蒙女学具体在国内落实于办报实践的杰出女性。"唤起同胞一半人"，"要修阴教强黄种"，丘逢甲的诗句，也恰如其分地写出了女性在民族启蒙、国家振兴中的不可或缺的作用与贡献。

丘逢甲、马君武关注到陈撷芬、羽衣女士，而曾关注羽衣女士的梁启超，后到当时日本占领下的台湾考察，又出人意料地将目光投注于五位特殊的女性。梁启超在台湾作《桂园曲》一诗，写的是明代宁靖王朱术桂去台湾充郑成功军监军，郑氏待之以宗藩礼，三世不衰。后郑克塽降清，宁靖王召集王氏、袁氏、荷姑、梅姑、秀姐等五位王妃，云："孤不德，将全发肤以见先帝先王于地下。若辈可自为计。"但五位王妃同声云："王死国，妾死王，义一也。"与王一起以死报明。《桂园

---

[①] 丘逢甲著，丘铸昌校点：《岭云海日楼诗钞》，第412—413页。

曲》的前半部分铺写这一"王死官家妾死王"的惨烈场景，而在后半部分，梁启超一方面写台人对宁靖王及五妃的悼念之情："翠澜永閟千年井，素练纷飞六月霜。"另一方面展开遐想，写黄泉之下的五妃对于台湾的深深眷念："昨夜香销灯自焰，蜀魂红遍苍梧野。"《桂园曲》的最后，梁启超以一唱三叹之笔写道：

> 吹彻参差不见人，云旗袅袅灵来下。百年南雪蚀冬青，灵物深深护碧城。遗老久忘刘氏腊，秋磷犹作鲍家声。我来再换红羊劫，景阳冷尽龙鸾血。雨湿清明有梦归，海枯碣石凭谁说？天涯尽处晚涛哀，刮骨酸风起夜台。莫唱灵均遗褋曲，九疑帝子不归来。①

台湾台南市五妃庙

当年，五妃殉王报明而死，随着明亡，再后来是清亡，而数百年

---

①梁启超撰，汪松涛编注：《梁启超诗词全注》，第332页。

来，五位女性的烈行一直在台湾传扬，她们也积久而成为孤悬之岛依附和想象的故国的符号与象征。五妃与台人一直两相眷恋，现在，在台湾短暂停留的梁启超不禁问自己：这一行人还能够等得到台湾再度回归祖国怀抱的那一天吗？"莫唱灵均遗褋曲，九疑帝子不归来"，在诗句的字面上，梁启超不无犹疑与失望，但在内心的深处，诗句的深处，借着五妃的传说，依然是顽强的肯定与期待。

梁启超《桂园曲》像《长恨歌》《圆圆曲》等诗史名篇一样令人回肠荡气。在国难深重的当下，梁启超意欲招五妃之魂之精神而复活，五妃如同羽衣女士、苏菲亚一样，女雄之气、豪杰之概往复相通。无论是小说家羽衣女士还是报人陈撷芬，无论是小说中的苏菲亚还是历史传唱中的五妃，都是晚清海外（男性）诗人向女性豪杰的致敬、感怀与想象。

而在这些不同形态、各有特点的女性豪杰形象的背景下，另一位女性豪杰——秋瑾——就显得十分光彩夺目。秋瑾在海外从事革命活动，是《东欧女豪杰》中苏菲亚这个人物的现实再现，也是羽衣女士寄托于小说人物的革命理想的现实践履。同时，她也是一手仗剑、一首执笔的女诗人，和另一位比较突出的晚清海外女诗人单士厘相比，后者作为外交官家属，在诗中主要围绕女学与母仪呼吁女性启蒙，思绪急切，但诗风总体平和淡远，但秋瑾诗为心声，诗如其人，往往短韵急弦，令人偾张，长歌慷慨，慑人心魄。

秋瑾于二十世纪初旅居日本，一方面，她感叹女性的不觉悟和自身的孤独："日月无光天地昏，沉沉女界有谁援？"[1]另一方面积极从事革命活动："漫云女子不英雄，万里乘风独向东。"[2]同时写下一首又

---

[1] 秋瑾《有怀》，秋瑾著，郭延礼选注：《秋瑾选集》，第109页。
[2] 秋瑾《日人石井君索和即用原韵》，同上书，第108页。

出瀛海：晚清诗人的海外观察与体验

一首饱含革命热情的诗作。其中以《日本铃木文学士宝刀歌》《日本服部夫人属作日本海军凯歌》两诗最具特色。前者与同期所作的《宝刀歌》《宝剑歌》《红毛刀歌》等一起借宝刀言志抒情，但与其他宝刀歌只就宝刀单一起兴、发想不同，《日本铃木文学士宝刀歌》云：

  铃木学士东方杰，磊落襟怀肝胆裂。一寸常萦爱国心，双臂能将万人敌。平生意气凌云霄，文惊坐客翻波涛。睥睨一世何慷慨？不握纤毫握宝刀。宝刀如雪光如电，精铁熔成经百炼。出匣铿然怒欲飞，夜深疑共蛟龙战。入手风雷绕腕生，眩睛射面色营营。山中猛虎闻应遁，海上长鲸见亦惊。君言出自安纲冶，于载成川造成者。神物流传七百年，于今直等连城价。昔闻我国名昆吾，叱咤军前建壮图。摩挲肘后有吕氏，佩之须作王肱股。古人之物余未见，未免今生有遗憾。何幸获见此宝刀，顿使庸庸起壮胆。万里乘风事壮游，如君奇节谁与俦？更欲为君进祝语：他年执此取封侯。①

秋瑾

从北宋年间欧阳修《日本刀歌》以来，日本宝刀就在中国民间和诗歌里享有盛誉，而秋瑾当

---

① 郭延礼选注：《秋瑾选集》，第106页。

208

时在日本亲见一口宝刀，在百般摹写和想象宝刀的雪亮外形和神奇威力之后，转而将日本宝刀与更早于北宋的中国古代刀剑传说对比联系起来，一实一虚，虚实相生。宝刀与古为新，化庸起壮；宝刀就在眼前，建功可期。宝刀由此也成为一位女性先行者跃跃欲试的革命意识的象征。

秋瑾另一首名诗《日本服部夫人属作日本海军凯歌》原本应日本友人要求所作，起首云："狡俄阴鸷大无信，盟约未寒莽寻衅。全球公理置不珍，夺我陪都恣蹂躏。"日俄战争日本获胜，秋瑾诗句站在友人立场控诉俄国，但如果联系到另一首诗《黄海舟中日人索句并见日俄战争地图》，则可以想见诗人心情之沉痛，对罔顾全球公理的愤怒与谴责，不仅俄国，日本也当包括其中。《日本服部夫人属作日本海军凯歌》末尾云："仁乎壮哉赤十字，女子从军卫战士。吁嗟一线义勇队，唤起国魂强宗类。掀天揭地气不磨，吮血吞冰勿蹉跎。几欲起舞乘风去，拍手樽前唱凯歌。"[①]诗作特别提及日本妇女，她们作为战地医生或护士和男性一起为国家出生入死，诗人竟至于忘却为人作诗的身份，将自己代入战地女医生、女护士行列，幻想着也有为自己祖国凯歌而旋的一刻。

## 第五节　女性与男性的互涉与对话

当晚清诗人斌椿、张祖翼等人漫步在巴黎、伦敦的街头，看到西方女性袒胸露乳的着装和白色曳地的结婚礼服，听到女店主、女店员为了

---

[①] 郭延礼、郭蓁编《秋瑾集 徐自华集》，中华书局，2015年，第112页。

招揽生意而热情地叫卖与调笑，在他们的内心之中实际上也在进行着一场又一场对话。他们有意无意地在拿眼前所见的女性自由开放的服饰风格、风俗，女性的职业化、社会化的表现，与中国女性拘谨内敛的服饰风格、风俗，女性的私密化、家庭化表现，一一加以连类比较，发现双方的共性和差异，当然是差异较多较明显，所以又不免加上自己的价值评价，而这些评价往往不乏主观性和情绪化。这种对话在单士厘、秋瑾等女性诗人那里也在同样进行着。即使在梁启超、马君武与羽衣女士及其笔下人物苏菲亚之间，也莫不如此。

细加推究，这些对话是隐秘的，非直接的，是以男性诗人或女性诗人为中介展开的，所以实际上是单向度的。即使是秋瑾，她在诗中通过将自己内心的情志投射于日本宝刀和日本女性战地服务队，也是以"我"为主的。前引丘逢甲《题陈撷芬女士女学报》诗中有句云："唤起同胞一半人。"他很明智地看到在地球人类中，男性与女性各占一半，男性与女性是相互依存的，用现代的观念看，还是相互平等的。所以，在有关女性形象的图绘中，如果仅仅借助于以男性诗人或女性诗人为中介的描摹和想象，没有男女之间的交流并且是符合现代意识的交流，则不免是割裂的，片面的，不完整的。

不过，在晚清诗人的海外诗作之中，也有从隐含的对话走向直接的对话，从男性或女性的中介性对话，甚至单向度表白走向女性与男性之间平等互涉与对话的作品。这便是梁启超1899年作于夏威夷群岛檀香山的《纪事二十四首》。由于时代局限、作者识见不足及题材难遇等原因，这一类诗作不言而喻概不多见，当然也并非全然没有，所以值得格外重视。

这组诗的创作缘起是梁启超在檀香山从事政治活动期间，邂逅当地华侨女子何蕙珍，何蕙珍思想进步，才智过人，在协助和参与梁启超的

第五章　晚清海外诗的"女性图绘"

政治活动的过程中，慕梁氏之名，产生爱意，梁氏亦视之为红颜知己。与斌椿、张祖翼、潘乃光等几乎都是纯粹的中国传统士大夫截然有别，梁启超不仅主张维新变法，而且思想开明，对中西学俱有较深的知解。因此梁启超、何蕙珍的相遇，是男女情感的对冲碰撞，也是现代思想观念的交流互鉴，同时也是情感与理智的矛盾冲突。进而言之，即使在深陷其中的男女情感的网罗中，即使《纪事二十四首》是梁启超所作，但梁、何二人由于处于完全平等与理解的身位，他们又似乎超越了男女的性别之分，只作为爱恋而最终又不能爱恋的对象而快乐，而痛苦，而纠结，而相互倾诉、难以割舍、痛下决断。

二十世纪初的檀香山唐人街

其实二十四首诗可按类分为数类，然妙在起讫无定，各首错杂，似一任思绪，随想随写，回忆与现实穿插，甜美与遗憾并存，说相爱转又否认，拟释怀却也难舍。为了真切进入和再现梁、何往复回环的心曲流露所创造的男女互涉与对话的空间，最好的方法是姑且接受这二十四首诗现有的排列顺序，考察它们是如何逐一呈现与铺陈的。

211

《纪事二十四首》之一云："人天去住两无期,啼鴃年芳每自疑。多少壮怀偿未了,又添遗憾到蛾眉。"因为是维新变法失败后的流亡,夏威夷檀香山也只能是漫漫流亡路上的一站,即使又一次决定离开,下一站又去哪里,这一切都是迷茫无定的。而之所以踏上流亡之路,是因为要将在国内半途中断、没有实现的政治理想和抱负在海外接续下来,等待最终成功的良机,而这样的良机又何时何地会到来?梁启超就这样首先以一个大的不确定开头,从而也将自己与何蕙珍之间发生的情感纠葛安置在了这个大的不确定之中。同时,"遗憾"二字也似乎暗示了在大的不确定之下,个人情感的小确定也不一定能够得到保证。最后,也且将一时大大小小的情意迷乱搁置起来,看一看、捋一捋在未偿的壮怀与新添的遗憾之间,到底发生了什么?又是如何发生的?

"颇愧年来负盛名,天涯到处有逢迎。识荆说项寻常事,第一相知总让卿。"一旦将情意迷乱暂时搁置起来,梁启超立即从黯然伤神中恢复生气。因为是维新运动的领袖之一,他所到之处都受到欢迎,人们争相以识荆为幸。而何蕙珍,不仅在这些场合里出现,而且被梁启超许为众里相知,第一知己。

《纪事二十四首》接着便顺理成章地将笔墨集中于何蕙珍,仿佛推出几帧速写,各以寥寥数笔勾勒出她于稠人广众之中脱颖而出的肖像:"目如流电口如河,睥睨时流振法螺。不论才华论胆略,须眉队里已无多。""青衫红粉讲筵新,言语科中第一人。座绕万花听说法,胡儿错认是乡亲。""眼中直欲无男子,意气居然我丈夫。二万万人齐下拜,女权先到火奴奴。"何蕙珍神采奕奕,兼具才华与胆略,在男男女女中秀出于众。要在华侨与当地美国人中争取对华支持,须要具备出色的演说才能,同时也要英语流利,何蕙珍语言与演讲能力俱佳,有很强的感染力与感召力。在国外当众演讲是非比寻常的政治景观,马君武曾有

《拉沙儿》诗云："劳动团中演说归，女郎争识拉沙儿。掷来玫瑰数千束，今日花香真满衣。"①拉沙儿即lecturer，演讲者。何蕙珍虽是女性，演讲风采和效果当不让马君武笔下的男性演讲者。作为华侨后裔，何蕙珍也被梁启超看作中国女性的代表，是千千万万个在国内还受着封建男权势力压迫的女性代表，率先在海外获得了女性解放的地位。

才貌出色的何蕙珍目无余子，却独对来自中国的梁启超青眼有加。如果说在前引数首诗里，梁启超对于何蕙珍还是远观与欣赏，那么以下数首写的就是仅仅发生在两人之间萌生于合作交流中的情愫款曲："眼中既已无男子，独有青睐到小生。如此深恩安可负，当筵我几欲卿卿。""卿尚粗解中行颉，我惭不识左行肢。奇情艳福天难妒，红袖添香对译书。""惺惺含意惜惺惺，岂必圆时始有情。最是多欢复多恼，初相见即话来生。"何蕙珍虽长于异国他乡，但还没有完全与中国文化、文字隔绝，梁启超在海外从事政治活动，学习、介绍西方先进的文化思想自是日常功课之一，于是共坐译书，中英文皆擅的何蕙珍正可以对不解英文的梁启超提供帮助。红袖添香，惺惺相惜，不觉两人已是一见生情。特别是梁启超，中年流亡海外，幸遇此"奇

梁启超书法

---

①马君武撰，熊柱、李高南校注：《马君武诗稿校注》，第37页。

情艳福",得天眷顾,深情难却之余更添深恩难负,多欢与多恼叠加在一起,心头自然也堆积和承受着巨大的压力。

"甘隶西征领右军,几凭青鸟献殷勤。舌人不惜为毛遂,半为宗邦半为君。"在这一首诗里,梁启超还调转了叙事、抒情的视角和语气;在对何蕙珍远观欣赏时,梁启超是"我"手写"我"所见的全知视角,在与何蕙珍共坐独处时,梁启超是"我"与"卿"四目相对、心电传情的有限视角,而在这首写何蕙珍主动毛遂自荐为自己做口头翻译的诗作里,梁启超转而以何的视角和语气说,之所以自荐做口译,一半是为了宗邦故国,一半是为了梁"君"啊!

不过,梁启超在一步步沉醉于与何蕙珍彼此相悦的情感旋涡之际,又极力挣脱了出来:"我非太上忘情者,天赐奇缘忍能谢?思量无福消此缘,片言乞与卿怜借。"梁启超不否认对何蕙珍的感情,但也不能接受这份感情。在理智与情感的冲突中,梁启超虽然艰难抉择,但最终选择让理智占据上风,并且逐条摆出以下理由,一一细说,请求何蕙珍的理解与谅解:"后顾茫茫虎穴身,忍将多难累红裙?君看十万头颅价,遍地锄霓欲噬人。""匈奴未灭敢言家,百里行犹九十赊。怕有旁人说长短,风云气尽爱春华。""一夫一妻世界会,我与浏阳实创之。尊重公权割私爱,须将身作后人师。"梁启超没有忘记自己的流亡之身与流亡处境,像这组诗开头第一首所写的,流亡是进退都无可据的状态,更有清政府的悬赏追杀,随时有生命危险,既然有所爱,就不能累祸及于所爱。而之所以流亡,最大的使命是努力推动原本未竟的维新事业最终取得成功,不能也不应因儿女情长而功亏一篑。

再者,梁启超陈述,自己已有家室,尤其不能忘的是,为了反对男人三妻四妾的荒谬陋习,自己早年就与另一位维新人物谭嗣同期望率先在中国开一代风气,倡导一夫一妻的新世界风尚,所以总不能最后自食其言，自违其诺；另一方面，何蕙珍也是这个新世界的风气中人，生于斯长于斯，对此应该有更深的体会和认知。这是与何蕙珍的连续对话，梁启超的心情也从"后顾茫茫"的悲怆与"匈奴未灭"的激昂渐趋于对"一夫一妻"的文明新理的冷静陈述，而在这样的连续的情感变化里，人们也仿佛看到了一个在诗歌之外——不，在诗歌之中——与梁启超象喜亦喜、象忧亦忧的何蕙珍。

于是就像中国传统里终不能走到一起的男女那样，只有约定了以互称兄妹来弥补缺憾："含情慷慨谢婵娟，江上芙蓉各自怜。别有法门弥阙陷，杜陵兄妹亦因缘。"但是要克制好情感谈何容易，何蕙珍的形象总会在心头不去，在梦中出现："怜余结习销难尽，絮影禅心不自由。昨夜梦中礼天女，散花来去着心头。"何蕙珍一定也备受煎熬，为爱而不得所深深痛苦，但是她异于一般女性、同时也让梁启超自愧不如而倍加钦佩的是，何蕙珍表面上所流露出来的波澜不惊："却服权奇女丈夫，道心醇粹与人殊。波澜起落无痕迹，似此奇情古所无。"因此在两人的后续交往中，逐渐少了只关乎个人、私人的情感琐屑，开始谈论较宏大的道理和较远大的理想："华服盈盈拜阿兄，相从谈道复谈兵。尊前恐累风云气，更谱军歌作尾声。""万一维新事可望，相将携手还故乡。欲悬一席酬知己，领袖中原女学堂。"其实还是彼此系念着、记挂着，即使两人分处两地，何蕙珍还是来信探问："昨夜闺中远寄诗，殷勤劝进问佳期。绿章为报通明使，那有闲情似旧时。"

当两人用理智战胜情感，先是梁启超难掩深情，何蕙珍颇显平静，而两人分别之后，情形仿佛倒转过来，是何蕙珍远方来信，颇显不舍，而梁启超虽回复一信，但也真切地感觉到旧情不再，覆水难收。不管是回信中写的，还是心头想的，梁启超所能给予何蕙珍的只能是深深的祝福："珍重千金不字身，完全自主到钗裙。他年世界女权史，应识支那

215

梁启超与家人合影

大有人。"在何蕙珍身上,在两人短暂的交往过程中,梁启超看到她最可宝贵、最值得欣赏的地方,就是她与男性完全平等的学识、个性与行事风格。这是在当时的国内女性身上所看不到的。虽然她出生和成长在异国他乡,但身上流淌着华人的血液,一个华人女子所能够具有的种种"自主"的"女权",在不远的将来,在国内千万女性身上,也应该得到实现。这也恰恰是此时此刻流亡途中的梁启超所努力期望着和奋斗着的!

梁启超《新大陆游记》云:"余自庚子正月至五月,蛰居夏威夷;六月十七日严装往美,忽得上海电,促之归,遂以二十日回马首而西,道日本返上海。"在岁月的各种倥偬和难以逆料中,梁启超作别夏威夷,在他,其实也是作别何蕙珍:"匆匆羽檄引归船,临别更悭一握缘。今生知否能重见,一抚遗尘一惘然。"究竟在心里,这一段情缘还是那样难以割舍,想到从此一别,各自天涯海角,更神伤惘然。"曩译《佳人奇遇》成,每生游想涉空冥。从今不羡柴东海,枉被多情惹薄情。"《佳人奇遇》是日本小说家柴四郎的作品,梁启超曾与人将之合译为中文;小说从作者(东海散士)在美留学与西班牙亡命女郎幽兰、

第五章　晚清海外诗的"女性图绘"

爱尔兰亡命女郎红莲的邂逅写起，通过对他们的政治斗争和爱情、友谊的描写，表达了作者争取祖国独立、富强的理想和反专制政治的态度。梁启超与何蕙珍最终都没有亲说再见、握手再别的机会，但梁启超自以为有此"佳人奇遇"，就远比《佳人奇遇》的作者幸运得多。这当然是诗人的自我安慰，但也唯有借助于这样的自我安慰，也才能将潜藏在心灵深处的不舍与遗憾稍稍减却几分。

最后，也是《纪事二十四首》最后，梁启超抬起几度低垂沉吟的头颅，给全诗也给这段看似有始无终但早已刻骨铭心的情缘一个比较乐观、亮丽的结尾："鸾飘凤泊总无家，惭愧西风两鬓华。万里海槎一知已，应无遗恨到天涯。""猛忆中原事可哀，苍黄天地入蒿莱。何心更作喁喁语，起趁鸡声舞一回。"①在此，我们似只看到梁启超所写的只是他自己的振作，但不难想象，这个闻鸡起舞、心许国家的梁启超，又何尝不正是何蕙珍所欣赏所心许的呢？也只有这样的梁启超才与现代女性何蕙珍旗鼓相当，心心相印。在晚清海外诗里，像何蕙珍这样全新的现代女性形象是绝无仅有的，我们甚至还可以说，不是梁启超，而是梁启超和何蕙珍，他们一起成就和写就了这组《纪事二十四首》。

---

① 以上引诗，俱见梁启超撰，汪松涛编注：《梁启超诗词全注》，第50—53页。

图书在版编目（CIP）数据

出瀛海：晚清诗人的海外观察与体验/沙红兵著. -- 长沙：岳麓书社，2025.5. -- ISBN 978-7-5538-2254-9

Ⅰ.I207.227.52

中国国家版本馆 CIP 数据核字第 202497Z5L8 号

CHU YINGHAI: WANQING SHIREN DE HAIWAI GUANCHA YU TIYAN
**出瀛海：晚清诗人的海外观察与体验**
著　　者：沙红兵
责任编辑：丁　利
监　　制：秦　青
策划编辑：康晓硕
营销编辑：柯慧萍
封面设计：利　锐
版式设计：李　洁
内文排版：麦莫瑞
岳麓书社出版
地址：湖南省长沙市爱民路 47 号
直销电话：0731-88804152　88885616
邮编：410006
2025 年 5 月第 1 版　2025 年 5 月第 1 次印刷
开本：680mm×955mm　1/16
印张：14.5
字数：194 千字
书号：ISBN 978-7-5538-2254-9
定价：58.00 元
承印：北京嘉业印刷厂

若有质量问题，请致电质量监督电话：010-59096394
团购电话：010-59320018